A HUMILHAÇÃO

PHILIP ROTH

A HUMILHAÇÃO

Tradução
Paulo Henriques Britto

COMPANHIA DE BOLSO

Copyright © 2009 by Philip Roth

Grafia atualizada segundo o Acordo Ortográfico da Língua Portuguesa de 1990, que entrou em vigor no Brasil em 2009.

Título original
The Humbling

Capa
Jeff Fisher

Preparação
Maria Cecília Caropreso

Revisão
Renato Potenza Rodrigues
Érica Borges Correa

Os personagens e as situações desta obra são reais apenas no universo da ficção; não se referem a pessoas e fatos concretos, e sobre eles não emitem opinião.

A técnica educativa atribuída a Vincent Daniels na página 27 foi emprestada do livro How to Stop Acting, *de Harold Guskin (Faber and Faber, 2003).*

Dados Internacionais de Catalogação na Publicação (CIP)
(Câmara Brasileira do Livro, SP, Brasil)

Roth, Philip
  A humilhação / Philip Roth ; tradução Paulo Henriques Britto.
— 1ª ed. — São Paulo : Companhia de Bolso, 2017.

  Título original: The Humbling.
  ISBN 978-85-359-2985-0

  1. Ficção norte-americana I. Título.

17-07307   CDD-813

Índice para catálogo sistemático:
1. Ficção : Literatura norte-americana 813

2017

Todos os direitos desta edição reservados à
EDITORA SCHWARCZ S.A.
Rua Bandeira Paulista, 702, cj. 32
04532-002 — São Paulo — SP
Telefone: (11) 3707-3500
www.companhiadasletras.com.br
www.blogdacompanhia.com.br

Para J. T.

1. SEM DEIXAR VESTÍGIO

ELE PERDERA A MAGIA. O impulso se esgotara. Ele nunca havia fracassado no teatro, tudo o que fizera sempre fora vigoroso e bem-sucedido, e então aconteceu esta coisa terrível: ele não conseguia representar. Subir ao palco tornou-se uma agonia. Em vez da certeza de que teria um desempenho maravilhoso, sabia que ia fracassar. A coisa aconteceu três vezes seguidas, e na última vez ninguém mostrou interesse, ninguém foi. Ele não conseguia se comunicar com a plateia. Seu talento havia morrido.

É claro, para quem já passou por isso, é sempre diferente do que aconteceu com todas as outras pessoas. Sempre serei diferente de todo mundo, Axler dizia a si próprio, porque sou quem sou. Isso eu levo comigo — disso as pessoas sempre vão se lembrar. Porém a aura que ele possuíra, todos os seus maneirismos, excentricidades e peculiaridades, o que funcionara com Falstaff, Peer Gynt e o tio Vânia — o que valera a Simon Axler a reputação de último dos grandes atores de teatro clássico dos Estados Unidos —, nada disso agora funcionava em nenhum papel. Tudo que funcionara para fazer dele quem ele se tornara agora o fazia parecer um louco. Ele tinha consciência, da pior maneira possível, de cada instante que passava no palco. Antes, quando ele atuava, não pensava em nada. O que fazia bem, fazia por instinto. Agora pensava em tudo, e tudo que havia de espontâneo e vital era destruído — ele tentava controlá-lo com o pensamento e acabava destruindo-o. Está bem, Axler dizia a si mesmo, estou numa fase ruim. Embora já tivesse mais de sessenta anos, talvez aquela fase passasse enquanto ele ainda se reconhecia como a pessoa que era. Não seria o primeiro ator experiente a viver uma situação assim. Aquilo já acontecera com muita gente. Já fiz isso antes, pensava, então vou encontrar um jeito. Não sei como vou conseguir desta vez, mas vou encontrar — a coisa vai passar.

Não passou. Axler não conseguia representar. Antes, como ele sabia prender todas as atenções no palco! E agora sentia pavor diante de cada apresentação, e o pavor se estendia ao longo do dia. Passava o dia inteiro tendo pensamentos que em toda a vida nunca tivera antes de uma atuação: não vai dar, não vou conseguir, estou interpretando os papéis errados, estou exagerando, estou falseando, não sei nem como vou fazer a primeira fala. E nesse ínterim tentava ocupar as horas se dedicando a uma centena de coisas aparentemente necessárias para se preparar: preciso estudar esta fala outra vez, preciso descansar, preciso me exercitar, preciso estudar aquela fala outra vez, e quando chegava ao teatro já estava exausto. E com pavor de entrar em cena. Sentia que a hora da deixa estava cada vez mais próxima e sabia que não ia conseguir. Esperava pela liberdade de começar, pelo momento de se tornar real, esperava a hora de esquecer quem ele era e se tornar a pessoa que estava interpretando, mas em vez disso estava ali parado, completamente vazio, atuando do jeito que se faz quando não se sabe o que se está fazendo. Não conseguia dar e não conseguia reter; não tinha fluidez e não tinha reserva. A atuação tornou-se uma tentativa, repetida noite após noite, de conseguir se livrar de um fardo.

Tudo havia começado quando as pessoas falavam com ele. Ele teria no máximo três ou quatro anos e já se sentia mesmerizado ao falar ou ouvir alguém falar com ele. Sentia-se dentro de uma peça desde o começo. Utilizava a intensidade da escuta, a concentração, do mesmo modo como atores menos talentosos usavam a pirotecnia. Possuía esse poder também fora do palco, principalmente quando mais jovem, com mulheres que não se davam conta de que tinham uma história de vida até o momento em que ele lhes mostrava que elas tinham uma história, uma voz e um estilo que não era de mais ninguém. Elas se tornavam atrizes com Axler, tornavam-se heroínas de suas próprias vidas.

Poucos atores de teatro sabiam falar e ouvir como ele, e no entanto ele não sabia mais fazer nem uma coisa nem outra. O som que antes entrava em seu ouvido agora parecia estar saindo, e toda a palavra por ele pronunciada parecia representada, e não falada. A fonte inicial de seu trabalho de ator residia naquilo que ele ouvia, sua reação ao que ouvia estava no âmago da coisa, e se não conseguia mais ouvir, se não conseguia escutar, não podia mais trabalhar.

Foi convidado a interpretar Próspero e Macbeth no Kennedy Center — era difícil imaginar um programa duplo mais ambicioso — e fracassou vergonhosamente em ambos os papéis, mas em particular no de Macbeth. Não conseguia mais fazer Shakespeare de baixa intensidade, não conseguia mais fazer Shakespeare de alta intensidade — ele, que vinha interpretando Shakespeare a vida toda. Seu Macbeth saiu ridículo, e todo mundo que assistiu disse a mesma coisa, o que também foi dito por muitos que não assistiram. "Não, eles nem precisam ter assistido", ele dizia, "pra insultar a gente." Muitos atores teriam começado a beber nessas circunstâncias; segundo uma velha piada, havia um ator que sempre bebia antes de subir ao palco, e quando lhe disseram que ele não devia beber, replicou: "O quê? E entrar em cena sozinho?". Mas Axler não bebia, e assim simplesmente desabou. Sua queda foi colossal.

O pior era que ele questionava sua queda tal como questionava sua atuação. O sofrimento era terrível, e no entanto ele duvidava que fosse genuíno, o que o tornava ainda pior. Não sabia como ia passar de um minuto para o próximo, tinha a sensação de que sua mente estava derretendo, sentia pavor de ficar sozinho, só conseguia dormir no máximo duas ou três horas por noite, quase não comia nada, todos os dias pensava em se matar com a arma que guardava no sótão — uma espingarda Remington 870 que ele mantinha naquela casa de fazenda isolada para se proteger — e no entanto tudo aquilo lhe parecia uma encenação, uma encenação ruim. Quando você representa o papel de uma pessoa que está entrando em parafuso, a coisa tem organização e ordem; quando você observa a si próprio entrando em parafuso, desempenhando o papel de sua própria queda, aí a história é outra, uma história de terror e medo.

Axler não conseguia se convencer de que estava louco, tal como não havia conseguido convencer ninguém, nem mesmo a si próprio, de que era Próspero ou Macbeth. Era um louco artificial também. O único papel que conseguia desempenhar era o de alguém que desempenha um papel. Um homem que não está louco interpretando um louco. Um homem estável interpretando um homem arrasado. Um homem controlado interpretando um homem descontrolado. Um homem de muitas realizações sólidas, famoso no teatro — um ator grandalhão e forte, um metro e noventa e dois de altura, uma cabeçorra calva e um corpo forte e peludo de arruaceiro, um rosto capaz de exprimir tanta coisa, um queixo decidido, olhos negros severos, uma boca de tamanho razoável que ele sabia retorcer de todas as maneiras, e uma voz grave, imperiosa, que emanava das profundezas, sempre com um toque de aspereza, um homem conscientemente grandioso que parecia capaz de enfrentar qualquer coisa e desempenhar com facilidade todos os papéis masculinos, a própria encarnação da resistência invulnerável, dando a impressão de que havia absorvido em seu ser o egoísmo de um gigante confiável —, fazendo o papel de um verme insignificante. Ele soltava um grito quando acordava no meio da noite e dava consigo ainda preso no papel do homem que foi privado de si próprio, de seu talento, de seu lugar no mundo, um homem abjeto que não passava do somatório de seus defeitos. Pela manhã, escondia-se na cama por horas a fio, mas em vez de esconder-se de seu papel estava apenas desempenhando-o. E quando finalmente se levantava, só conseguia pensar no suicídio, mas não no que a ideia tinha de estimulante. Um homem que queria viver fazendo o papel de um homem que queria morrer.

Enquanto isso, as palavras mais famosas de Próspero não o deixavam em paz, talvez porque tão recentemente ele as havia estropiado. Elas se repetiam com tanta regularidade em sua cabeça que acabaram por se tornar um tumulto de sons tortuosos, esvaziados de significado, que não indicavam nenhuma realidade e no entanto tinham a força de um encantamento cheio de significação pessoal. "Findou nossa função. Esses atores, / Tal como eu vos dissera, eram espíritos / Que agora somem sem deixar vestígio." Não conseguia apagar a expressão "sem deixar vestígio", que se repetia de modo caótico quando ele permanecia estirado na cama, impotente, todas as manhãs, e que tinha a aura de uma condenação obscura, embora cada vez fizesse menos sentido. Toda a sua complexa personalidade estava totalmente à mercê daquele "sem deixar vestígio".

Victoria, a mulher de Axler, não conseguia mais se importar com ele, e ela própria já estava precisando de cuidados. Chorava toda vez que o via sentado à mesa da cozinha, a cabeça nas mãos, sem conseguir comer a refeição que ela havia preparado. "Prove alguma coisa", ela implorava, mas ele não comia nada, não dizia nada, e em pouco tempo Victoria começou a entrar em pânico. Nunca vira Axler se entregar daquela maneira, nem mesmo oito anos antes, quando seus pais idosos morreram num acidente de trânsito, com seu pai ao volante. Ele chorou e tocou para a frente. Ele sempre tocava para a frente. As perdas o abalavam muito, mas seu desempenho jamais fraquejava. E quando Victoria estava em crise era ele que a mantinha firme e a tirava da crise. O filho dela sempre estava metido em encrencas por causa das drogas. Ela precisava enfrentar constantemente os percalços da velhice e do fim de sua carreira. Tantas decepções, mas ele estava a seu lado, e assim ela conseguia suportá-las. Que falta ele fazia agora, agora que o homem de quem ela dependia havia desaparecido!

Nos anos 1950, Victoria Powers fora a mais jovem favorita de Balanchine. Então ela machucou o joelho, teve de operá-lo, voltou a dançar, machucou-o de novo, fez outra cirurgia, e quando conseguiu se recuperar pela segunda vez já não era a jovem favorita de Balanchine. Nunca mais retomou seu lugar. Casou-se, teve o filho, divorciou-se, casou-se pela segunda vez, divorciou-se pela segunda vez, e então conheceu Simon Axler e se apaixonou por ele, que vinte anos antes, tendo recém-concluído seu curso universitário, fora para Nova York lançar sua carreira teatral e sempre ia ao City Center para vê-la dançar, não porque gostasse de balé, mas porque, jovem que era, fascinava-se com a capacidade que Victoria tinha de despertar nele a lascívia por meio das emoções mais ternas: ela permaneceu em sua lembrança durante anos como a própria encarnação do *pathos* erótico. Quando se conheceram, quarentões, no final dos anos 1970, fazia muito tempo que ninguém mais a convidava para atuar como bailarina, embora, persistente, ela praticasse todos os dias num estúdio de dança. Victoria fizera o possível para continuar em boa forma física e com uma aparência jovem, mas àquela altura seu *pathos* se tornara maior do que sua capacidade de utilizá-lo em sua arte.

Depois da catástrofe no Kennedy Center, quando Axler desabou inesperadamente, Victoria entrou em crise e fugiu para a Califórnia para ficar perto do filho.

De uma hora para outra, Axler se viu sozinho naquela casa no interior, morrendo de medo de se matar. Agora não havia nada para impedi-lo. Agora ele podia fazer aquilo que não tinha conseguido fazer quando Victoria estava presente: subir ao sótão, carregar a arma, enfiar o cano na boca e esticar o braço comprido para puxar o gatilho. A espingarda como substituta da esposa. Mas depois que ela foi embora, menos de uma hora depois — ele nem teve tempo de começar a subir a escada do sótão —, Axler telefonou para seu médico e pediu-lhe que o internasse numa clínica psiquiátrica naquele mesmo dia. Minutos depois, o médico encontrou uma vaga para ele em Hammerton, uma pequena clínica de boa reputação a umas poucas horas de viagem ao norte de onde ele morava.

Axler passou vinte e seis dias internado. Depois que foi entrevistado, que desfez a mala, que uma enfermeira recolheu todos os seus objetos cortantes, que todos os seus objetos de valor foram guardados no escritório, uma vez sozinho no quarto em que foi instalado, ele sentou-se na cama e relembrou, um por um, todos os papéis que havia desempenhado com absoluta confiança desde que se tornara um ator profissional, aos vinte e poucos anos de idade — o que havia destruído sua confiança? O que estaria ele fazendo ali naquela clínica? Uma imitação de si próprio havia surgido, algo que não existia antes, uma autoimitação que não tinha base em nada, e ele era aquela autoimitação, e como foi que aquilo havia acontecido? Seria apenas a passagem do tempo trazendo a decadência e a queda? Seria uma manifestação da velhice? Sua aparência física ainda impressionava. Suas metas de ator não haviam mudado, e ele tampouco modificara sua maneira cuidadosa de se preparar para um papel. Ninguém era mais meticuloso, estudioso e sério do que ele, ninguém administrava melhor seu próprio talento, ninguém se adaptava melhor às mudanças de condições que necessariamente ocorriam numa carreira teatral que já durava tantas décadas. Deixar subitamente de ser o ator que ele era — isso era inexplicável, era como se uma noite, enquanto ele dormia, tivessem roubado o peso e a substância de sua existência profissional. A capacidade de falar e ouvir num palco — em última análise, a coisa se resumia a isso, e era isso que havia desaparecido.

O psiquiatra, o dr. Farr, perguntava-lhe se o que havia acontecido com ele não tinha realmente nenhuma causa, e nas duas sessões semanais pedia-lhe que examinasse as circunstâncias de sua vida antes da repentina ocorrência daquilo que o médico denominava "um pesadelo universal". Ele queria dizer com isso que a desgraça sofrida pelo ator no teatro — subir ao palco e constatar que não conseguia desempenhar seu papel, o choque dessa perda — era o conteúdo dos sonhos perturbadores que inúmeras pessoas costumavam ter, pessoas que, ao contrário de Simon Axler, não eram atores profissionais. Subir ao palco e não conseguir atuar era um dos sonhos típicos que a maioria dos pacientes tinha ao menos uma vez na vida. Como também sonhar que se está no numa rua cheia de gente, ou então que é preciso enfrentar uma prova decisiva sem ter estudado, ou então que se está caindo num barranco, ou dirigindo um carro numa autoestrada e de repente os freios param de funcionar. O dr. Farr pedia a Axler que falasse sobre seu casamento, sobre a morte de seus pais, suas relações com o enteado dependente químico, sua infância, sua adolescência, o início da carreira de ator, sua irmã mais velha, que morrera de lúpus quando ele tinha vinte anos. O médico queria que ele falasse de modo detalhado sobre as semanas e os meses que antecederam sua apresentação no Kennedy Center, e queria saber se ele se lembrava de alguma coisa fora do comum, grande ou pequena, ocorrida durante aquele período. Axler esforçava-se para dizer a verdade e desse modo revelar a origem de seu problema — e recuperar seus poderes —, mas, até onde conseguia se lembrar, nenhuma causa para aquele "pesadelo universal" vinha à tona em nada do que ele dizia àquele psiquiatra simpático e atento. Isso tornava o pesadelo ainda pior. No entanto, ele conversava com o médico assim mesmo, todas as vezes que ia à sessão. E por que não? Quando o sofrimento atinge um certo patamar, a gente tenta qualquer coisa para explicar o que está acontecendo, mesmo sabendo que nada explica nada e que todas as explicações são igualmente fúteis.

Cerca de vinte dias depois de Axler ingressar na clínica, houve uma noite em que, em vez de despertar duas ou três vezes e ficar insone e apavorado até o amanhecer, ele dormiu direto até as oito da manhã, acordando tão tarde para os padrões da clínica que uma enfermeira foi até o quarto despertá-lo, a fim de que ele pudesse tomar o café da manhã, marcado para as 7h45, com os outros pacientes no refeitório, e então dar início a seu dia, que incluía terapia de grupo, arteterapia, a sessão com o dr. Farr e outra com a médica que estava fazendo o possível para resolver seu eterno problema de dor na coluna. Todas as horas do dia eram preenchidas com atividades e consultas, para impedir que os pacientes se fechassem em seus quartos e ficassem largados na cama, deprimidos ou conversando uns com os outros, como muitos acabavam fazendo à noite, contando como haviam sido suas tentativas de suicídio.

Mais de uma vez ele ficara no canto da sala de recreação, junto com o pequeno grupo de pacientes suicidas, a ouvi-los relembrando o ardor com que haviam planejado se matar e lamentando não ter conseguido fazê-lo. Todos permaneciam imersos na grandiosidade da tentativa de suicídio e na ignomínia de haver sobrevivido. A ideia de que uma pessoa fosse capaz de fazer aquilo, controlar sua própria morte, era para todos eles uma fonte de fascínio — era o assunto natural de suas conversas, como garotos falando de esportes. Alguns diziam que no momento em que tinham tentado se matar haviam sentido algo semelhante ao barato que um psicopata deve experimentar quando mata alguém. Uma mulher jovem disse: "Você se vê como uma pessoa totalmente paralisada e inerte, todos veem você assim, e no entanto você resolve cometer o ato mais difícil que existe. É uma coisa empolgante. Uma coisa revigorante. Dá uma euforia...". "É verdade", comentou outro paciente, "dá uma euforia amarga. A sua vida está se desmanchando, ela não tem centro, e o suicídio é a única coisa que você pode controlar." Um homem idoso, professor primário aposentado, que havia tentado se enforcar na garagem de casa, deu uma espécie de palestra sobre a maneira como "os de fora" encaram o suicídio. "Quando as pessoas pensam no tema do suicídio, elas tentam explicar o ato. Explicar e julgar. É uma coisa tão horrorosa para as pessoas que são deixadas para trás que elas precisam encontrar uma maneira de encará-la. Umas acham que é um ato de covardia. Outras acham que é um crime, um crime contra os sobreviventes. Uma outra escola de pensamento acha que é heroísmo, um ato de coragem. E tem também os puristas. Para eles, a pergunta é: foi justificado, a causa era suficiente? O ponto de vista mais clínico, que não é nem punitivo nem idealizante, é o do psicólogo, que tenta descrever o estado mental do suicida, o estado em que ele estava quando cometeu o ato." E discorria desse modo maçante mais ou menos todas as noites, como se não fosse um paciente angustiado como os outros, e sim um conferencista convidado a esclarecer o assunto que obcecava a todos dia e noite. Uma noite Axler resolveu falar — representar, ele se deu conta, diante da maior plateia que já tivera desde que abandonara a profissão. "O suicídio é um papel que você escreve para você mesmo", disse. "Você habita e representa esse papel. Tudo é preparado cuidadosamente — onde e como eles vão encontrar você." E acrescentou: "Mas é uma apresentação única".

Naquelas conversas, tudo que era privado era revelado com facilidade e sem constrangimento; o suicídio parecia uma meta grandiosa, e a vida uma situação odiosa. Entre os pacientes que Axler conheceu, alguns o identificaram na mesma hora por conta dos poucos filmes que ele havia feito, porém estavam demasiadamente imersos em seus conflitos interiores para dar muita atenção a ele, a qualquer pessoa que não fosse eles próprios. E a equipe da clínica estava sempre ocupada demais para dedicar muito tempo a seu renome como ator. Naquela clínica, ele estava praticamente irreconhecível, não apenas para os outros como também para si mesmo.

Desde o momento em que redescobriu o milagre de uma noite bem dormida, em que foi necessário uma enfermeira acordá-lo para o café da manhã, Axler começou a sentir que o pavor diminuía. Haviam-lhe ministrado um antidepressivo a que ele não se adaptou, depois tentaram outro medicamento, e por fim um terceiro que não tinha nenhum efeito colateral insuportável, mas se aquilo lhe fazia bem ou não, ele não sabia. Não conseguia acreditar que aquela melhora tinha alguma coisa a ver com os remédios ou as consultas psiquiátricas, com a terapia de grupo ou a arteterapia; tudo isso lhe parecia uma perda de tempo. O que continuava a assustá-lo, à medida que se aproximava o dia da alta, era que nada do que estava acontecendo com ele parecia ter a ver com coisa alguma. Como dissera ao dr. Farr — e tinha certeza disso por haver tentado ao máximo encontrar uma causa durante aquelas sessões —, ele havia perdido sua magia de ator sem nenhum motivo, e era também de modo igualmente arbitrário que a vontade de dar fim à própria vida começou a diminuir, pelo menos por ora. "*Nada* que acontece tem motivo", disse ele ao médico mais tarde naquele mesmo dia. "A gente perde, a gente ganha — é tudo acaso. A onipotência do acaso. A probabilidade de um revés. Isso, o imprevisível revés e seu poder."

Perto do fim de sua estada na clínica, Axler fez amizade com uma pessoa, e cada vez que jantavam juntos ela repetia sua história para ele. Ele a vira pela primeira vez na sessão de arteterapia e depois disso passaram a se instalar numa mesa para dois no refeitório, conversando como um casal de namorados ou — levando-se em conta a diferença de trinta anos que havia entre eles — como pai e filha, embora falassem sobre a tentativa de suicídio dela. Quando se conheceram — cerca de dois dias depois que ela chegou —, estavam só os dois na sala de arte, juntamente com a terapeuta, a qual, como se eles fossem crianças do jardim de infância, lhes entregou folhas de papel em branco e uma caixa de creions para que brincassem, dizendo-lhes que desenhassem o que quisessem. A única coisa que faltava naquela sala, ele pensou, eram as mesinhas e cadeirinhas para crianças. Para satisfazer a terapeuta, trabalharam em silêncio por quinze minutos e então, também para satisfazer a terapeuta, ouviram com atenção o que um dizia sobre o desenho do outro. Ela havia desenhado uma casa com um jardim e ele representara a si próprio fazendo um desenho, "um desenho", disse ele à terapeuta quando ela lhe perguntou o que ele fizera, "de um homem que entrou em parafuso e se internou numa clínica psiquiátrica e está fazendo arteterapia, e está fazendo um desenho que foi pedido pela terapeuta". "E se você tivesse que dar um título ao seu desenho, Simon, qual seria ele?" "Essa é fácil. 'Que diabo eu estou fazendo aqui?'"

Os outros cinco pacientes que deviam estar na arteterapia ou estavam em suas camas, sem conseguir fazer outra coisa além de chorar, ou então, como se uma emergência tivesse acontecido, haviam corrido para o consultório do psiquiatra, sem ter marcado hora, e estavam na sala de espera preparando-se para se queixar da esposa, do marido, do filho, do patrão, da mãe, do pai, do namorado, da namorada — seja lá quem fosse que eles nunca mais queriam ver, ou que eles até estavam dispostos a ver desde que o psiquiatra estivesse presente e não houvesse gritaria nem violência nem ameaças de violência, ou então de quem eles sentiam uma falta terrível, não conseguindo viver sem essa pessoa, sendo capazes de fazer qualquer coisa para que ela voltasse. Cada um deles esperava sua vez de acusar um pai ou uma mãe, denegrir um irmão ou irmã, atacar um cônjuge, justificar, condenar ou se compadecer de si próprio. Um ou dois deles que ainda conseguiam concentrar — ou fingir concentrar, ou tentar concentrar — a atenção em qualquer outra coisa que não sua própria desgraça, enquanto aguardavam o médico ficavam folheando um exemplar da *Time* ou da *Sports Illustrated*, ou pegavam o jornal local e tentavam fazer as palavras cruzadas. Todos os outros permaneciam calados, melancólicos, interiormente tensos e ensaiando em silêncio — com o vocabulário da psicologia popular ou da obscenidade da sarjeta, ou do sofrimento cristão, ou da patologia da paranoia — os antiquíssimos temas da literatura teatral: incesto, traição, injustiça, crueldade, vingança, ciúme, rivalidade, desejo, perda, desonra e dor.

Ela era pequenina, de tez clara e cabelo castanho, com a fragilidade óssea de uma moça doentia com um quarto de sua idade. Chamava-se Sybil Van Buren. Os olhos do ator a viam como uma mulher de trinta e cinco anos que não apenas se recusava a ter força como temia até mesmo a aparência de força. E no entanto, apesar de toda a sua delicadeza, ela disse a Axler, quando subiam para o dormitório depois da arteterapia: "Você janta comigo, Simon?". Surpreendente. Ainda tinha algum desejo de não ser de todo engolida. Ou então pedira que ele ficasse ao seu lado na esperança de que, com um pouco de sorte, alguma coisa se acendesse entre eles que terminasse com ela de uma vez por todas. Axler era grande o bastante para isso, uma baleia e tanto para uns restos de naufrágio como ela. Mesmo ali — onde, sem a ajuda da farmacopeia, qualquer demonstração de estabilidade, quanto mais uma bravata, dificilmente poderia atenuar por muito tempo o torvelinho de terror no fundo da garganta — ele não havia perdido o jeito ágil e orgulhoso do homem ameaçador que outrora lhe permitira criar um Otelo tão original. E assim, bem, se ela ainda tinha alguma esperança de soçobrar por completo, talvez a solução fosse tentar se engraçar com ele. Pelo menos foi isso que Axler pensou no início.

"Vivi muitos anos dentro dos limites da cautela", Sybil lhe disse durante o jantar naquela primeira noite. "A dona de casa eficiente que cuida do jardim, costura, conserta qualquer coisa, e ainda dá jantares maravilhosos. A companheira discreta, constante e leal do homem rico e poderoso, com uma dedicação total, profunda, tradicional, à criação dos filhos. A existência comum de uma mortal insignificante. Bom, fui fazer compras — e existe alguma coisa mais prosaica do que isso? Quem é que se preocupa com uma coisa dessas? Eu tinha deixado minha filha brincando no quintal e nosso filho pequeno no andar de cima, dormindo no berço, e o meu segundo marido rico e poderoso estava assistindo um campeonato de golfe na televisão. Voltei pra casa quando cheguei ao supermercado, pois percebi que havia esquecido a carteira. O menino ainda estava dormindo. E na sala a partida de golfe continuava, mas minha filha de oito anos, a Alison, estava sentada no sofá sem a calcinha enquanto meu marido rico e poderoso estava ajoelhado no chão, com a cabeça enfiada entre as pernocas gorduchas dela."

"O que ele estava fazendo?"

"O que os homens fazem."

Axler ficou vendo-a chorar e não disse nada.

"Você viu o meu desenho", ela disse por fim. "O sol no céu e uma casinha bonita com um jardim cheio de flores. Você me conhece. *Todo mundo* me conhece. Eu sempre penso o melhor em todas as situações. Prefiro assim, todo mundo que eu conheço também prefere. Meu marido se levantou, perfeitamente tranquilo, e disse que ela estava se queixando de uma coceira e que não parava de se coçar, e assim, pra que ela não se machucasse, ele foi olhar pra ver se estava tudo bem. E estava, ele me garantiu. Não havia nada, nenhuma assadura, nenhum machucado, nenhuma brotoeja... Ela estava bem. 'Ótimo', eu disse. 'Vim pegar a minha carteira.' E em vez de buscar no porão a espingarda de caça dele e lhe dar um tiro na cara, peguei minha carteira na cozinha, disse 'Até logo' e fui pro supermercado como se não tivesse visto nada de mais. Atordoada, enchi dois carrinhos de compras. Teria enchido mais dois, mais quatro, mais seis se o

19

gerente da loja não tivesse me visto chorando e não viesse me perguntar se eu estava bem. Ele me trouxe em casa no carro dele. Larguei o nosso carro no estacionamento deles e fui levada pra casa. Não consegui subir as escadas. Tive que ser carregada pra cama. Fiquei de cama quatro dias, sem conseguir falar nem comer, mal conseguia me arrastar até o banheiro. Oficialmente eu estava com febre e me mandaram ficar de cama. Meu segundo marido, tão rico e poderoso, foi todo solícito. Minha querida Alison me trouxe um vaso de flores colhidas no jardim. Eu não podia perguntar a ela, não conseguia me obrigar a perguntar: 'Quem tirou a sua calcinha? O que é que você quer me dizer? Se estava mesmo coçando, você teria esperado, não é, até eu voltar pra casa pra me mostrar? Mas, meu amor, se não estava coçando, meu amor, se tem alguma coisa que você não me diz porque está com medo...?'. Mas era eu que estava com medo. Eu não conseguia. No quarto dia, eu já havia me convencido de que tinha imaginado tudo, e duas semanas depois, quando a Alison estava na escola, e ele estava no trabalho, e o pequenino estava dormindo, peguei o vinho, o Valium e um saco plástico pra lixo. Mas não aguentei a sensação de sufocamento. Entrei em pânico. Tomei o remédio e o vinho, mas aí me lembro que senti falta de ar e arranquei o saco. E não sei o que é mais horrível — ter tentado ou não ter conseguido. A única coisa que eu quero fazer é dar um tiro nele. Só que agora ele está sozinho com eles e eu estou aqui. Ele está sozinho com a minha menininha querida! Não é possível! Liguei pra minha irmã e pedi que ficasse lá em casa com eles, mas ele não deixou que ela dormisse lá. Disse que não era necessário. Aí minha irmã foi embora. E o que é que eu posso fazer? Eu estou aqui e a Alison está lá! Eu fiquei paralisada! Não fiz nada do que devia ter feito! Eu devia ter levado a menina ao médico na hora! Devia ter chamado a polícia! Foi um ato criminoso! Existem leis que proíbem essas coisas! Mas em vez disso eu não fiz nada! Mas ele disse que não tinha acontecido nada, entende. Ele diz que eu sou histérica, que estou delirando, que estou louca — mas não. Juro a você, Simon, que não estou louca. *Eu vi meu marido fazendo aquilo.*"

"Isso é horrível. Uma transgressão horrível", disse Axler. "Eu entendo por que você está assim."

"É uma perversidade. Eu preciso de alguém", ela sussurrou, num tom confidencial, "pra matar esse homem perverso."

"Garanto que você vai conseguir encontrar alguém disposto."

"Você?", Sybil perguntou com um fio de voz. "Eu pago."

"Se eu fosse um assassino, eu faria de graça", ele respondeu, segurando a mão que ela lhe estendeu. "As pessoas ficam contagiadas de raiva quando uma criança inocente é violada. Mas eu sou um ator desempregado. Eu faria tudo errado e nós dois íamos acabar na cadeia."

"Ah, o que é que eu faço?", ela perguntou. "O que é que você faria?"

"Fique forte. Colabore com o médico e procure ficar forte bem depressa pra poder voltar pra casa, pros seus filhos."

"Você acredita em mim, não acredita?"

"Tenho certeza que você viu o que você viu."

"Podemos jantar juntos?"

"Enquanto eu estiver aqui", ele respondeu.

"Eu senti, na arteterapia, que você ia me entender. Pelo sofrimento que vi nos seus olhos."

Meses depois que Axler saiu do hospital, o filho de sua mulher morreu de *overdose*, e o casamento da bailarina desempregada com o ator desempregado acabou em divórcio, completando mais uma história, entre tantos milhões de histórias, de homens e mulheres cujo relacionamento terminou mal.

Um dia, por volta de meio-dia, um carrão preto entrou e estacionou ao lado do celeiro. Era um Mercedes dirigido por um chofer, e o homenzinho de cabelo branco que saiu do banco de trás era Jerry Oppenheim, seu agente. Depois que Axler teve alta do hospital, Jerry passou a lhe telefonar uma vez por semana de Nova York para ter notícias suas, mas vários meses haviam se passado sem que eles conversassem — a certa altura, o ator resolveu parar de atender as ligações de seu agente, como aliás praticamente todas as outras —, portanto aquela visita era inesperada. Axler ficou olhando para Jerry, que tinha mais de oitenta anos e andava com cuidado, subindo o caminho pavimentado com pedras até a porta da casa, com um embrulho numa das mãos e flores na outra.

Ele abriu a porta antes mesmo que Jerry tivesse tempo de bater.

"E se eu não estivesse em casa?", perguntou, ajudando Jerry a entrar.

"Corri o risco", disse Jerry com um sorriso simpático. Ele tinha um rosto simpático e um jeito cortês que, no entanto, em nada diminuíam sua tenacidade quando se tratava de negociar em nome de seus clientes. "Bom, pelo menos fisicamente você parece estar bem. Tirando essa expressão de desesperança no seu rosto, Simon, você até que não está nada mal."

"E você — elegante como sempre", disse Axler, que não trocava de roupa nem fazia a barba havia alguns dias.

"Eu trouxe flores pra você. E um almoço pra nós dois, da Dean and DeLuca. Você já almoçou?"

Ele ainda não havia tomado nem o café da manhã, por isso limitou-se a dar de ombros, aceitar os presentes e ajudar Jerry a tirar o casaco.

"Você veio lá de Nova York", disse ele.

"Vim. Pra ver como é que você está e conversar pessoalmente com você. Tenho uma notícia pra lhe dar. Vão montar *Longa viagem noite adentro* no Guthrie. Me ligaram pra saber de você."

"De mim? Por quê? Não sei representar, Jerry, e todo mundo sabe disso."

"Ninguém sabe disso coisa nenhuma. As pessoas podem até saber que você teve uma crise emocional, mas isso não isola você da espécie humana. A peça vai ser montada no próximo inverno. Lá faz um frio terrível, mas você daria um excelente James Tyrone."

"James Tyrone é um monte de falas que a gente tem que dizer, e eu não sei mais fazer isso. James Tyrone é um personagem que a gente tem que ser, e eu não posso mais ser ninguém. Não tem como eu interpretar o James Tyrone. Não sei interpretar nenhum papel."

"Ora, você se deu mal lá em Washington. Isso acontece com praticamente todo mundo mais cedo ou mais tarde. Nenhuma arte dá garantia absoluta. As pessoas esbarram em obstáculos por motivos que ninguém entende. Mas o obstáculo é só temporário. Ele desaparece e você segue em frente. Não existe nenhum ator de primeira que nunca tenha se sentido desanimado, no fim da linha, incapaz de sair do buraco em que se enfiou. Não existe nenhum ator que nunca tenha parado no meio de uma fala sem saber onde estava. Mas cada vez que você sobe no palco você tem uma nova oportunidade. Os atores conseguem recuperar o talento. Você não perde a sua arte depois de quarenta anos de trabalho. Você ainda sabe como entrar e sentar numa cadeira. O John Gielgud dizia que às vezes ele tinha vontade de ser pintor ou escritor. Aí ele podia pegar o desempenho ruim de uma determinada noite e trabalhar nele até tarde e consertar. Mas isso era impossível. A coisa tinha que ser feita na hora. O Gielgud passou por um período muito ruim, em que nada que ele fazia dava certo. O Olivier também. O Olivier teve uma fase horrorosa. Um problema horroroso. Não conseguia encarar os outros atores, olhos nos olhos. Ele dizia aos outros atores: 'Por favor, não olhe pra mim, senão eu desabo'. Passou um tempo sem conseguir ficar sozinho no palco. Ele dizia aos outros atores: 'Não me deixem sozinho'."

"Eu conheço essas histórias, Jerry. Já ouvi todas. Isso não tem nada a ver comigo. No passado, tive no máximo umas duas ou três noites ruins em que eu não conseguia acertar. Depois passava duas ou três noites pensando: 'Eu sei que sou bom, só não estou acertando'. Pode ser que ninguém na plateia tenha reparado, mas eu sabia — não estava funcionando. E nessas noites em que a coisa não funciona, o trabalho fica pesado, eu sei, mas você sempre dá um jeito de levar até o fim. Você acaba ficando muito bom em se virar de qualquer jeito quando não tem alternativa. Mas isso é uma coisa completamente diferente. Quando eu trabalhava realmente mal, depois eu passava a noite em claro pensando: 'Perdi meu talento, não consigo fazer nada'. As horas passavam, mas aí de repente, às cinco ou seis da manhã, eu entendia onde tinha errado, e mal conseguia esperar a hora de voltar ao teatro e recomeçar. E aí eu subia ao palco e não tinha erro. Era uma sensação deliciosa. Tem dias em que você mal consegue esperar a hora de atuar, quando o casamento entre você e o papel é perfeito e você está sempre morrendo de vontade de subir ao palco. Esses dias são importantes. E eu passei anos tendo dias assim um depois do outro. Pois esse tempo acabou. Agora, se eu voltasse ao palco, não saberia o que fazer lá. Não saberia nem por onde começar. Antigamente eu fazia três horas de preparação no teatro pra entrar em cena às oito. Quando chegava a hora, eu já estava totalmente dentro do papel — era como um transe, um transe útil. Na *Reunião de família*, eu chegava no teatro duas horas e meia antes da minha primeira deixa, me preparando pra entrar como se estivesse sendo perseguido pelas Fúrias. Foi difícil pra mim, mas eu consegui."

"E vai conseguir de novo", disse Jerry. "Você está esquecendo quem você é e o que você já realizou. Não é verdade que a sua vida não deu em nada. Vez após vez você fez coisas no palco de uma maneira que eu jamais havia imaginado, e no decorrer dos anos você emocionou a plateia milhares de vezes, e a mim também. Você se afastou do óbvio mais do que qualquer outro ator. Você nunca era rotineiro. Você queria ir pra todos os lados. Pra longe, bem longe, até onde você pudesse ir. E a plateia acreditava em você o tempo todo, aonde quer que você a levasse. É claro que nada se conquista pra sempre, mas também nada que se perde é pra sempre. Você só perdeu o seu talento temporariamente."

"Não, perdi pra sempre, Jerry. Nunca mais vou conseguir fazer o que eu fazia. Ou você é livre, ou você não é. Ou você é livre e a coisa é autêntica, real, viva, ou não é nada. Não sou mais livre."

"Está bem, então vamos almoçar. E ponha essas flores na água. A sua casa está com boa cara. *Você* está com boa cara. Um pouco mais magro, eu diria, mas é o mesmo de sempre. Você está comendo, eu espero."

"Estou."

Mas quando se sentaram à mesa da cozinha para almoçar, com as flores num vaso entre eles, Axler não conseguiu comer. Via a si próprio subindo ao palco para interpretar o papel de James Tyrone e a plateia caindo na gargalhada. A ansiedade e o medo estavam à flor da pele. As pessoas ririam dele, porque aquilo *era* ele.

"O que é que você faz o dia inteiro?", Jerry perguntou.

"Ando. Durmo. Fico olhando pra coisa nenhuma. Tento ler. Tento esquecer de mim mesmo ao menos um minuto por hora. Assisto o noticiário. Estou sabendo de tudo que está acontecendo."

"Quem você tem visto?"

"Você."

"Isso não é vida pra uma pessoa como você."

"Foi muita bondade sua vir até aqui, Jerry, mas eu não posso trabalhar nessa peça no Guthrie. Isso tudo acabou pra mim."

"De jeito nenhum. Você está com medo de fracassar. Mas isso já ficou pra trás. Você não se dá conta do quanto está ficando unilateral e monomaníaco."

"Por acaso fui eu que escrevi aquelas resenhas? Foi este monomaníaco aqui que escreveu as resenhas? Fui eu que escrevi o que eles escreveram sobre o meu Macbeth? Eu estava ridículo, e foi isso que eles disseram. Eu pensava assim: 'Consegui terminar essa fala, graças a Deus que eu consegui terminar essa fala'. Eu tentava pensar: 'Não saiu tão ruim quanto ontem', quando na verdade tinha saído muito pior. Tudo que eu fiz saiu falso. Exagerado. Eu ouvia aquele tom horroroso na minha voz, mas não teve jeito, acabei fodendo com tudo. Horrível. Não trabalhei bem nem uma única vez."

"Então você não conseguiu fazer o Macbeth como você queria. Olha, você não é o primeiro. Macbeth é uma pessoa horrível pra um ator ter que conviver. Desafio qualquer um a desempenhar esse papel e não ficar deformado pelo esforço.

Ele é um assassino. Tudo naquela peça é ampliado. Pra falar com franqueza, nunca consegui compreender tanta maldade. Esqueça *Macbeth*. Esqueça essas resenhas", disse Jerry. "É hora de tocar pra frente. Você devia ir pra Nova York e começar a trabalhar com o Vincent Daniels no estúdio dele. Você não vai ser o primeiro ator que recuperou a confiança com ele. Ora, você já passou por todos os papéis mais difíceis, Shakespeare, os clássicos — não tem como acontecer uma coisa dessas com você, com a sua biografia. É só uma perda de confiança momentânea."

"Não é uma questão de confiança", retrucou Axler. "No fundo sempre desconfiei que na verdade eu não tinha talento nenhum."

"Pois isso é uma bobagem. Isso é a depressão falando. Já ouvi muito ator dizendo isso quando está por baixo, como você agora. 'Eu não tenho talento de verdade. Eu sei decorar falas. Só isso.' Já ouvi essa conversa mil vezes."

"Não, escute. Quando eu era totalmente honesto comigo mesmo, eu pensava: 'Certo, eu tenho um pouco de talento ou pelo menos sei imitar uma pessoa talentosa'. Mas foi só um golpe de sorte, Jerry, uma sorte esse talento que me foi dado, uma sorte que já passou. Essa vida foi um golpe de sorte do começo ao fim."

"Ah, para com isso, Simon. Você ainda consegue prender as atenções, como só um grande ator, uma estrela, sabe fazer no palco. Você é um titã, pelo amor de Deus."

"Não, é uma questão de falsidade, pura falsidade, tamanha que o máximo que eu posso fazer é subir no palco e dizer à plateia: 'Sou um mentiroso. E nem mesmo sei mentir bem. Sou uma fraude'."

"Isso tudo é bobagem também. Pense só em todos os maus atores que existem — eles são muitos, e dão um jeito de se virar. Então, essa história de que o Simon Axler", prosseguiu Jarry, "com todo o seu talento, não consegue se virar, é um absurdo. Eu já vi você no passado, em momentos em que você não estava muito bem, momentos em que estava passando por um tormento psicológico sob todos os aspectos, mas era só botar um texto na sua frente, deixar que você tivesse acesso a essa coisa que você faz de modo tão maravilhoso, deixar que você se transformasse em outra pessoa, que isso era sempre uma libertação pra você. Pois bem, isso aconteceu antes e pode voltar a acontecer. O amor por aquilo que você faz tão bem — isso pode voltar, vai voltar. Olhe, o Vincent Daniels é um bamba nesse tipo de problema que você tem, um professor durão, esperto, intuitivo, inteligentíssimo, e também é um lutador."

"Já ouvi falar nele", ele disse a Jerry. "Mas não o conheço pessoalmente. Nunca precisei dele."

"Ele é um espírito independente, um lutador, e ele vai fazer você voltar pro combate. Ele vai restabelecer o seu espírito de luta. Se for preciso, ele recomeça do zero. Se for preciso, ele te faz abrir mão de tudo que você já fez. Vai ser uma luta, mas ele acaba te colocando no lugar onde era pra você estar. Eu já estive no estúdio dele, já vi o Vincent trabalhando. Ele diz: 'Faça um momento apenas. Estamos trabalhando só com um momento. Trabalhe com o momento, trabalhe com o que funcionar com você neste momento, e aí passe pro próximo. Aonde você está indo não importa. Não se preocupe com isso. É só ir trabalhando cada momento a cada momento. O negócio é estar naquele momento, sem pensar no resto e sem pensar aonde você vai depois. Porque se você conseguir fazer um momento funcionar, você vai pra onde quiser'. Ora, eu sei que isso parece uma coisa muito simples, e é por isso que é difícil — é tão simples que é aí que todo mundo erra. Eu acho o Vincent Daniels a pessoa perfeita pra você agora. Confio plenamente nele pra resolver seu problema. Fique com o cartão dele. Eu vim aqui pra dar isto a você."

Jerry entregou-lhe o cartão de visita, e Axler aceitou-o ao mesmo tempo em que disse: "Não vou conseguir".

"Então o que é que você vai fazer? O que é que você vai fazer com todos os papéis que você está maduro pra interpretar? Eu fico arrasado quando penso em todos esses papéis que você nasceu pra interpretar. Se você aceitasse o papel de James

Tyrone, então você poderia trabalhar com o Vincent e resolveria seu problema com ele. É esse o trabalho que ele faz com atores todos os dias. Eu já perdi a conta do número de vezes que vi o ator que ganha o Tony ou o Oscar dizer: 'Quero agradecer a Vincent Daniels'. Ele é o melhor."

Como resposta, Axler limitou-se a balançar a cabeça.

"Olhe", disse Jerry, "todo mundo já passou por isso, isso de 'não vou conseguir', todo mundo já teve essa sensação de que é uma fraude e de que isso vai se revelar — é o pavor de todo ator. 'Eles descobriram. Fui desmascarado.' Cá entre nós, tem um tipo de pânico que vem com a idade. Sou bem mais velho que você, e estou tendo que enfrentar isso há anos. Pra começar, você fica mais lento. Em tudo. Até a leitura fica mais lenta. Se eu começo a ler mais depressa, eu perco muita coisa. Minha fala está mais lenta, minha memória está mais lenta. Todas essas coisas começam a acontecer. Nesse processo, você começa a perder a autoconfiança. Você não é mais tão rápido quanto era. Especialmente se você é ator. Quando você era jovem, você decorava um texto depois do outro e nem pensava nisso. Era muito fácil. E aí, de repente, não é mais tão fácil e as coisas já não acontecem tão depressa. Decorar passa a gerar muita ansiedade pros atores de teatro que estão na faixa dos sessenta, setenta. Antes você decorava um texto em um único dia — agora, se você consegue uma página por dia já é muito. Aí você começa a ficar com medo, a se sentir vulnerável, a achar que você não tem mais aquele poder bruto de antes. Isso dá medo. O resultado, como você diz, é que você não é mais livre. Não tem mais nada acontecendo — e isso é apavorante."

"Jerry, vamos parar com essa conversa. A gente pode ficar falando o dia inteiro e não vai adiantar nada. É muita bondade sua vir aqui me trazer comida, flores, tentar me animar e me confortar e me fazer me sentir melhor. Foi muita consideração da sua parte. E gostei de ver você tão bem. Mas uma vida ou tem pique ou não tem pique. Eu agora não posso mais representar. Alguma coisa fundamental desapareceu. Talvez isso fosse inevitável. As coisas acabam. Não fique achando que a minha carreira foi interrompida. Pense em quanto tempo eu trabalhei. Quando comecei a fazer a faculdade, eu estava só de brincadeira, você sabe. O teatro era só uma maneira de conhecer garotas. Aí eu respirei num palco pela primeira vez. De repente me senti vivo no palco, respirando como um ator. Eu comecei jovem. Eu tinha vinte e dois anos e vim a Nova York pra fazer um teste. E ganhei o papel. Comecei a ter aulas. Exercícios de memória sensorial. Aprendendo a fazer as coisas se tornarem reais. Antes de começar o espetáculo, você tem que criar uma realidade pra entrar nela. Eu me lembro que quando comecei a ter aulas, a gente fingia que estava com uma xícara na mão e fingia tomar chá. Se o chá está quente, se a xícara está cheia, se tem um pires embaixo, se tem uma colher, se você vai colocar açúcar, quantos torrões. E aí você bebe o chá, e tinha gente que entrava em transe com esse tipo de coisa, mas eu nunca achei que isso ajudava muito. Aliás, nunca consegui fazer isso. Eu não era bom nesses exercícios, não era nada bom. Tentava fazer essas coisas e nunca dava certo. Tudo que eu fazia bem era o que saía por instinto, e fazer exercícios e aprender essas coisas me faziam parecer um ator. Eu ficava ridículo segurando a xícara imaginária e fingindo beber. Havia sempre uma voz irônica me dizendo: 'Não tem xícara nenhuma'. Pois essa voz irônica agora assumiu o controle. Por mais que eu me prepare, seja lá o que tento fazer, é só eu subir no palco que a voz irônica fica falando o tempo todo: 'Não tem xícara nenhuma'. Jerry, acabou: eu não consigo mais transformar uma peça em realidade pras pessoas. Não consigo mais fazer o papel ficar real pra mim mesmo."

Depois que Jerry foi embora, Axler foi até o escritório e pegou seu exemplar de *Longa viagem noite adentro*. Tentou ler, mas o esforço era insuportável. Não passou da página quatro — colocou o cartão de Vincent Daniels ali como marcador. No Kennedy Center, fora como se ele nunca tivesse atuado, e agora era como se nunca tivesse lido uma peça de teatro — como se nunca tivesse lido *aquela* peça. As frases se sucediam sem sentido. Ele não conseguia se lembrar de quem estava dizendo qual fala. Sentado em meio a seus livros, Axler tentou se lembrar das peças em que um personagem se suicida. Hedda em *Hedda Gabler*, Julie em *Senhorita Julie*, Fedra em *Hipólito*, Jocasta em *Édipo Rei*, quase todo mundo em *Antígona*, Willy Loman em *A morte de um caixeiro-viajante*, Joe Keller em *Todos os meus filhos*, Don Parritt em *A vinda do homem do gelo*, Simon Stimson em *Nossa cidade*, Ofélia em *Hamlet*, Otelo em *Otelo*, Cássio e Bruto em *Júlio César*, Goneril em *Rei Lear*, Antônio, Cleópatra, Enobarbo e Charmian em *Antônio e Cleópatra*, o avô em *Acorda e canta!*, Ivánov em *Ivánov*, Konstantin em *A gaivota*. E essa lista incrível era só de peças em que ele havia representado. Havia outras, muitas outras. O que era notável era a frequência com que o suicídio entrava nas peças, como se fosse uma fórmula fundamental para o teatro, não necessariamente algo gerado pelo enredo, e sim ditado pelo próprio funcionamento do gênero. Deirdre em *Deirdre das tristezas*, Hedvig em *O pato selvagem*, Rebecca West em *Rosmersholm*, Christine e Orin em *Electra toma luto*, Romeu e Julieta, o Ájax de Sófocles. O suicídio é um tema que os dramaturgos encaram com reverência desde o quinto século antes de Cristo, fascinados pelos seres humanos capazes de gerar emoções que inspiram esse ato extraordinário. Axler devia impor-se a tarefa de reler essas peças. Isso mesmo, tudo o que era terrível precisava ser encarado. Ninguém deveria dizer depois que ele não havia pensado bem antes de agir.

Jerry havia trazido um envelope pardo contendo um punhado de cartas enviadas a Axler aos cuidados da Oppenheim Agency. Outrora, a cada duas semanas ele recebia mais de dez cartas de fãs. Agora, aquelas poucas eram tudo que chegara à agência nos últimos seis meses. Ele instalou-se na sala e se pôs a abrir os envelopes sem pressa, lendo as primeiras linhas de cada carta, depois amassando-a e jogando-a no chão. Todas continham pedidos de fotos autografadas — todas menos uma, que o pegou de surpresa e que ele leu até o fim.

"Não sei se você vai se lembrar de mim", começava a carta. "Eu estive internada em Hammerton. Jantei com você algumas vezes. Frequentamos juntos as sessões de arteterapia. Talvez você não se lembre de mim. Acabei de ver um filme na televisão e, para minha surpresa, você trabalhava nele. Seu papel era de um criminoso durão. Foi muito impactante ver você na tela, principalmente num papel tão ameaçador. Tão diferente do homem que eu conheci! Eu me lembro que lhe contei a minha história. Lembro que você me ouviu noite após noite. Eu não conseguia parar de falar. Eu estava agoniada. Achava que minha vida tinha terminado. Queria que ela tivesse terminado. Talvez você não saiba, mas por ter ouvido a minha história você me ajudou a suportar a situação. Não que tenha sido fácil. Mesmo agora não está fácil. Nunca vai estar. O monstro com quem eu me casei fez um mal irreversível à minha família. O desastre foi pior do que eu já sabia quando fui internada. Coisas terríveis estavam acontecendo havia muito tempo sem que eu soubesse de nada. Coisas trágicas envolvendo a minha filhinha. Eu me lembro de lhe perguntar se você mataria meu marido por mim. Eu lhe disse que pagaria. Achei que você, sendo um homem tão grande, poderia fazer isso. Felizmente você não me disse que eu estava louca quando me ouviu dizer isso, apenas ficou ouvindo minhas loucuras como se eu não estivesse maluca. Agradeço a você por isso. Mas uma parte de mim nunca mais recuperará a sanidade. Não é possível. Não pode ser possível. Não deveria ser possível. Por estupidez, condenei à morte a pessoa errada."

A carta prosseguia, um único parágrafo manuscrito que se esparramava por mais três folhas grandes, assinada "Sybil Van Buren". Ele se lembrava de ouvir a história dela — concentrar-se e ficar escutando uma pessoa que não fosse ele próprio foi o mais perto que ele havia chegado de representar um papel nos últimos tempos, e talvez até tivesse ajudado na recuperação *dele*. Sim, lembrava-se de Sybil e de sua história, lembrava-se de que ela lhe pedira para matar seu marido, como se ele fosse mesmo um gângster de filme e não um paciente numa clínica psiquiátrica que, embora fosse um homem grande, era tão incapaz quanto ela de dar um fim a seu próprio sofrimento com um tiro. As pessoas matam gente nos filmes o tempo todo, mas o motivo pelo qual esses filmes são produzidos é que noventa e nove vírgula nove por cento dos espectadores são incapazes de fazer tal coisa. E se é tão difícil matar alguém, alguém que você tem todo motivo para querer destruir, imagine como é difícil conseguir matar a si próprio.

2. A TRANSFORMAÇÃO

Ele fora amigo dos pais de Pegeen antes de ela nascer e a vira pela primeira vez no hospital, um bebezinho sendo amamentado pela mãe. Conheceram-se quando Axler e os recém-casados Stapleford — ele de Michigan e ela do Kansas — trabalharam juntos numa montagem de *O prodígio do mundo ocidental*, realizada no porão de uma igreja em Greenwich Village. Axler se encarregara do maravilhoso papel principal de Christy Mahon, o pretenso parricida, enquanto o personagem feminino principal, Pegeen Mike Flaherty, a moça decidida que trabalha no bar do pai na costa ocidental do condado de Mayo, ficara a cargo de Carol Stapleford, na época grávida havia dois meses de sua primeira filha; Asa Stapleford interpretou Shawn Keogh, o noivo de Pegeen. Quando a temporada da peça terminou, Axler foi à festa de encerramento, na qual votou em Christy para o nome da criança, se fosse menino, e Pegeen Mike, se fosse menina.

Era bastante improvável — principalmente porque Pegeen Mike Stapleford era lésbica desde os vinte e três anos — que quando ela completasse quarenta anos e Axler estivesse com sessenta e cinco eles viessem a se tornar amantes, que se falariam ao telefone todos os dias ao despertar e passariam todo o tempo livre juntos na casa de Axler, onde Pegeen, para a delícia dele, apropriou-se de dois cômodos, um dos três quartos do andar de cima para suas coisas e o escritório ao lado da sala para seu *laptop*. Havia lareiras em todos os cômodos do andar de baixo, até mesmo na cozinha, e Pegeen, quando estava trabalhando no escritório, sempre acendia o fogo. Ela morava a pouco mais de uma hora dali, passava por estradas de serra cheias de curvas, atravessava fazendas, até chegar à propriedade de Axler, vinte hectares de campo aberto e um casarão branco com venezianas pretas, cercado por bordos velhos, freixos enormes e muros de pedra compridos e irregulares. Não havia ninguém além dos dois nos arredores. Nos primeiros meses, eles raramente saíam da cama antes do meio-dia. Não conseguiam ficar longe um do outro.

E no entanto, antes da chegada de Pegeen, Axler tinha certeza de que tudo estava acabado para ele: o trabalho, as mulheres, as pessoas, a felicidade, para sempre. Havia mais de um ano estava sofrendo de um problema físico grave, quase não conseguia andar nem ficar em pé ou sentado por muito tempo por causa da dor na coluna que havia aturado ao longo de toda a sua vida adulta e que se agravara com a idade — assim, estava certo de que tudo estava acabado. Uma de suas pernas de vez em quando ficava inerte, de modo que ele não podia levantá-la direito ao caminhar; pisava em falso num degrau ou no meio-fio e levava um tombo, cortando as mãos, e até mesmo caindo de cara, machucando o lábio ou o nariz. Poucos meses antes, seu melhor amigo na região, aliás seu único amigo, um juiz de oitenta anos aposentado havia alguns anos, morrera de câncer; consequentemente, embora já fizesse trinta anos que Axler vivia a duas horas da cidade, cercado por árvores e campos — morando lá quando não estava em algum lugar no mundo a trabalho —, não tinha mais com quem conversar ou comer, quanto mais dormir. E havia voltado a pensar em suicídio com tanta frequência quanto às vésperas da internação, um ano antes. Todos os dias, quando acordava e se defrontava com o vazio, concluía que seria impossível aguentar mais um dia destituído de seu talento, sozinho, desempregado, sofrendo uma dor constante. Mais uma vez, concentrava-se na ideia do suicídio; no centro de suas privações, era tudo que lhe restava.

Numa manhã cinzenta e fria, após uma semana de muita neve, Axler saiu de casa em direção à garagem para ir fazer compras na cidade, a seis quilômetros dali. Todos os dias um fazendeiro retirava a neve dos caminhos em torno de sua casa, porém mesmo assim ele caminhava com cuidado, calçando botas de neve de solas grossas, apoiando-se numa bengala e dando passos pequenos para não escorregar e cair. Por baixo das camadas de agasalho, como medida de segurança, protegia a coluna com uma cinta lombar rígida. Assim que saiu de casa, viu um animalzinho esbranquiçado, de cauda longa, parado na neve entre a garagem e o celeiro. De início, parecia uma ratazana, enorme, mas depois se deu conta, com base na forma e na cor do corpo, na cauda sem pelos e no focinho, que era um gambá de uns vinte e cinco centímetros. Os gambás costumam ser criaturas noturnas, mas aquele, com pelos que pareciam descoloridos e ralos, caminhava no chão coberto de neve em plena luz do dia. Quando Axler se aproximou, o gambá foi se afastando com passo arrastado em direção ao celeiro e desapareceu no monte de neve que havia junto aos alicerces de pedra do celeiro. Axler seguiu o bicho — que provavelmente estava doente e próximo da morte — e quando chegou ao monte de neve viu que havia uma toca na frente dele. Apoiando-se com as duas mãos na bengala, ajoelhou-se na neve e olhou lá dentro. O gambá já estava no fundo da toca e não era mais possível vê-lo, mas à frente daquela pequena caverna havia um punhado de gravetos. Axler contou-os. Seis gravetos. Então é assim que se faz, pensou. Eu tenho demais. Bastam seis.

Na manhã seguinte, enquanto preparava o café, viu o gambá pela janela da cozinha. O animal estava em pé sobre as patas traseiras, junto ao celeiro, comendo neve de um montinho, enfiando-a na boca com as patas dianteiras. Mais que depressa, Axler calçou as botas, vestiu o casaco, pegou a bengala, saiu pela porta da frente e contornou a casa pelo caminho defronte ao celeiro. A uns cinco metros de distância, dirigiu-se ao gambá em voz alta: "Você não gostaria de interpretar o papel de James Tyrone? Lá no Guthrie". O gambá continuava a comer neve. "Você daria um excelente James Tyrone!"

A partir daquele dia, aquela pequena caricatura dele próprio, criada pela natureza, deixou de existir. Axler nunca mais voltou a ver o gambá — ele desapareceu ou então morreu —, mas a caverna de neve, com os seis gravetos à sua frente, permaneceu intacta até o degelo seguinte.

* * *

Então Pegeen surgiu. Ela telefonou da casinha que havia alugado a uns poucos quilômetros de Prescott, uma pequena faculdade progressista só para mulheres no oeste de Vermont, onde ela recentemente começara a lecionar. Axler morava a uma hora a oeste dela, já do outro lado da divisa, no trecho rural do estado de Nova York. Quando Axler a vira pela última vez, mais de vinte anos antes, ela ainda cursava a faculdade e viajava nas férias com os pais, muito animada. Quando passavam pela vizinhança, pararam para uma visita rápida, de umas duas horas, para dar um oi. Asa administrava um teatro regional em Lansing, Michigan, a cidade onde ele nascera e fora criado, e lá Carol trabalhava como atriz, além de dar aulas de interpretação teatral na universidade do estado. Ele vira Pegeen numa visita anterior, uma menina de dez anos, sorridente, tímida, com um rosto angelical, que subia nas árvores e nadava com braçadas rápidas na sua piscina, uma garota magra e atlética, com jeito de menino, que ria de todas as piadas do pai. Antes disso, ele só a tinha visto sendo amamentada na ala da maternidade do St. Vincent's Hospital, em Nova York.

Agora Axler estava diante de uma quarentona ágil, de busto generoso, mas com algo infantil ainda no sorriso — um sorriso em que ela automaticamente elevava o lábio superior, exibindo os incisivos grandes — e ainda com uma ginga de menino no modo de andar. Estava vestida para andar no campo, com botas de trabalho bem gastas e uma jaqueta vermelha com zíper, e o cabelo, que na lembrança de Axler era louro, como o de sua mãe, na verdade era castanho-escuro, cortado bem rente, tão curto atrás que parecia ter sido aparado por uma máquina de barbeiro. Tinha o ar invulnerável de uma pessoa feliz, e embora seu protótipo fosse o de Pivete Durão, sua voz tinha um tom modulado cativante, como se imitasse a dicção de atriz da mãe.

Como Axler ficaria sabendo depois, já havia algum tempo Pegeen não levava a vida que desejava, e sim uma inversão grotesca dela. Tinha passado os dois últimos anos de um relacionamento de seis anos sofrendo numa casa terrivelmente isolada em Bozeman, Montana. "Nos primeiros quatro anos", ela lhe contou uma noite, depois que já haviam se tornado amantes, "eu e a Priscilla tínhamos uma relação maravilhosa de companheirismo. A gente vivia acampando e fazendo caminhadas, mesmo quando nevava. No verão íamos a lugares como o Alasca pra fazer caminhadas e acampar lá. Era muito legal. Fomos à Nova Zelândia, fomos à Malásia. Havia um lado meio infantil nessa nossa vida de aventuras, rodando o mundo juntas, que eu adorava. Éramos como duas crianças fugindo de casa. Depois, mais ou menos no quinto ano, ela pouco a pouco foi sendo engolida pelo computador, e eu não tinha mais ninguém pra conversar, só os gatos. Antes fazíamos tudo juntas. Íamos para a cama e ficávamos lendo — lendo cada uma seu livro, ou então uma lendo um trecho para a outra; durante muito tempo houve um entrosamento perfeito. A Priscilla nunca dizia a ninguém: 'Gostei desse livro', e sim 'Nós gostamos desse livro', ou então, quando falava sobre um lugar, era assim: 'A gente gostou de lá', ou então fazíamos planos: 'É isso que nós vamos fazer no verão'. Nós. Nós. Nós. E aí 'nós' deixamos de ser nós — acabou-se. 'Nós' era ela e o Mac dela. Ela e o segredo dela, que começou a supurar até tomar conta de tudo — o plano dela de mutilar o corpo que eu amava."

As duas mulheres lecionavam na universidade em Bozeman, e durante os dois últimos anos que passaram juntas, toda vez que chegava do trabalho Priscilla ficava ao computador até a hora de se deitar. Passava os fins de semana às voltas com o computador. Comia e bebia na frente do computador. As duas não conversavam mais, não transavam mais; mas Pegeen agora ia sozinha às caminhadas e aos acampamentos nas montanhas, ou senão com outras pessoas que ela procurava. Então um dia, seis anos depois de terem se conhecido em Montana, juntarem suas coisas e passarem a viver como um casal, Priscilla anunciou que havia começado a tomar injeções de hormônio para desenvolver o crescimento dos pelos faciais e engrossar a voz. Seu plano era fazer uma operação para remover os seios e virar homem. Sozinha, Priscilla admitiu, vinha pensando nisso havia muito tempo e recusava-se a voltar atrás por mais que Pegeen implorasse. Na manhã seguinte, Pegeen foi embora da casa que as duas haviam comprado, levando consigo um dos dois gatos — "Não foi nada legal pros gatos", disse Pegeen, "mas isso foi o de menos" —, e instalou-se num hotel ali perto. Mal conseguia ter forças para enfrentar os alunos. Por mais solitária que a sua vida em comum com Priscilla tivesse ficado, a dor da traição, a natureza dessa traição, era algo muito pior. Ela chorava o tempo todo e começou a escrever cartas para faculdades a centenas de quilômetros de Montana, procurando um novo emprego. Foi a uma reunião em que as faculdades entrevistavam pessoas da área de meio ambiente e conseguiu um emprego no Leste depois de ir para a cama com a decana, que havia se interessado por ela e resolveu contratá-la depois. A decana ainda era a namorada e protetora dedicada de Pegeen quando ela foi visitar Axler e resolveu que, depois de viver dezessete anos como lésbica, queria aquele homem — aquele homem, aquele ator vinte e cinco anos mais velho que ela, amigo de sua família havia décadas. Se Priscilla podia se transformar num homem heterossexual, então Pegeen podia se transformar numa mulher heterossexual.

Naquela primeira tarde, Axler tropeçou e levou um tombo sério no degrau de pedra quando entrava na casa com Pegeen, cortando fundo a mão em que se apoiou ao cair. "Onde você guarda as coisas de primeiros socorros?", ela perguntou. Axler lhe explicou e ela entrou na casa para pegá-las, depois limpou sua ferida com algodão e água oxigenada e cobriu-a com dois Band-Aids. Trouxe-lhe também um copo d'água. Fazia muito tempo que ninguém lhe trazia um copo d'água.

Ele convidou-a para ficar e jantar. Ela acabou preparando a comida. Fazia muito tempo também que ninguém cozinhava para ele. Ela bebeu uma garrafa de cerveja enquanto Axler, sentado à mesa da cozinha, a via preparar a refeição. Havia uma fatia de queijo parmesão na geladeira, havia ovos, havia um pouco de *bacon*, havia meio pote de creme de leite, e com isso e meio quilo de massa ela preparou espaguete à carbonara. Axler lembrava-se dela recém-nascida, sendo amamentada pela mãe, enquanto a via trabalhando em sua cozinha, agindo como se a casa fosse dela. Era uma presença vibrante, sólida, saudável, cheia de energia, e em pouco tempo ele deixou de se sentir sozinho no mundo sem o seu talento. Sentia-se feliz — um sentimento inesperado. Normalmente, era na hora do jantar que se sentia mais deprimido. Enquanto Pegeen cozinhava, ele foi até a sala e pôs para tocar uma gravação de Brendel interpretando Schubert. Não se lembrava da última vez em que se dera o trabalho de ouvir música, e antigamente, na melhor fase de seu casamento, havia música tocando o tempo todo.

"O que aconteceu com a sua mulher?", ela perguntou, depois que comeram o espaguete e tomaram uma garrafa de vinho.

"Ah, não importa. Muito chato falar disso."

"Há quanto tempo você está vivendo aqui sozinho?"

"Tanto tempo que nunca imaginei que fosse possível me sentir tão sozinho. Às vezes é surpreendente, os meses passam, as estações passam, e eu aqui, e tudo acontecendo sem mim. Tal como vai acontecer depois que a gente morrer."

"E o seu trabalho de ator?"

"Eu não atuo mais."

"Não pode ser", ela disse. "O que aconteceu?"

"Outro assunto muito chato."

"Você se aposentou ou aconteceu alguma coisa?"

Ele se levantou, contornou a mesa, ela se levantou e ele a beijou.

Ela sorriu, surpresa. Rindo, explicou: "Sou uma anomalia sexual. Transo com mulheres".

"Não foi difícil descobrir isso."

E beijou-a pela segunda vez.

"Então o que é que você está fazendo?", ela perguntou.

Ele deu de ombros. "Eu é que não sei. Você nunca transou com um homem?", ele perguntou.

"No tempo da faculdade."
"Você está com uma mulher agora?"
"Mais ou menos", ela respondeu. "E você?"
"Não."
Ele sentiu a força dos braços musculosos da mulher, apalpou-lhe os seios pesados, apertou-lhe as nádegas com força e puxou-a em sua direção, e beijaram-se outra vez. Então levou-a até o sofá da sala, onde, corando furiosamente sob o olhar dele, ela tirou o *jeans* e fez sexo com um homem pela primeira vez desde os tempos da faculdade. Ele fez sexo com uma lésbica pela primeira vez na vida.

Meses depois, ele perguntou a ela: "Por que é que você veio me visitar aquele dia?". "Eu queria ver se tinha alguém com você." "E quando você viu?" "Pensei: por que não eu?" "Você é calculista assim o tempo todo?" "Não é cálculo, não. É ir atrás do que você quer. E também", acrescentou, "não ir atrás do que você não quer mais."

A decana que a havia contratado e trazido para Prescott ficou furiosa quando Pegeen lhe disse que o caso com ela havia terminado. Era oito anos mais velha do que Pegeen, ganhava quase o dobro do que ela, era uma decana importante havia mais de dez anos e, assim, recusou-se a acreditar no que ouvia, a permitir tal coisa. Telefonava para Pegeen e brigava com ela todos os dias de manhã, e ligava várias vezes à noite para gritar com ela, xingá-la, exigir uma explicação. Uma vez ligou de um cemitério próximo, onde, afirmou, estava "andando de um lado para o outro, furiosa" porque Pegeen a havia tratado daquela maneira. Acusava-a de tê-la explorado para conseguir o emprego e em seguida, como uma boa oportunista, de largá-la poucas semanas depois. Quando Pegeen ia praticar natação na piscina duas vezes por semana, no final da tarde, a decana ia nadar lá na mesma hora e dava um jeito de pegar o armário ao lado do de Pegeen. Vivia convidando-a para ir ao cinema, a uma conferência, a um concerto, a um jantar. Ligava dia sim, dia não para dizer a Pegeen que queria vê-la no outro fim de semana. Pegeen já havia deixado claro que estaria ocupada nos fins de semana e que não queria voltar a vê-la. A decana implorava, gritava — às vezes chorava. Ela não podia viver sem Pegeen. Uma mulher forte, competente, bem-sucedida, de quarenta e oito anos, uma mulher dinâmica que, segundo se dizia, seria a próxima reitora da faculdade, e como era fácil desestruturá-la!

Num domingo à tarde, ela ligou para a casa de Axler e pediu para falar com Pegeen Stapleford. Ele largou o telefone e foi até a sala dizer a Pegeen que a ligação era para ela. "Quem é?", ele perguntou. Sem hesitação, ela respondeu: "E quem mais poderia ser? A Louise. Como é que ela sabe que eu estou aqui? Como foi que ela conseguiu o seu telefone?". Axler voltou ao aparelho e disse: "Aqui não tem nenhuma Pegeen Stapleford". "Obrigada", disse a pessoa, e desligou. Na semana seguinte, Pegeen encontrou Louise no campus. Louise lhe disse que ia passar dez dias viajando e que, quando voltasse, era bom que Pegeen fizesse "alguma coisa pra ela", como por exemplo "preparar o jantar pra ela". Depois disso, Pegeen ficou assustada, primeiro porque Louise não a deixava em paz nem mesmo depois que ela explicou mais uma vez que o caso havia terminado, e segundo porque a raiva de Louise implicava uma ameaça. "Que ameaça?", ele indagou. "Que ameaça? O meu emprego. Ela pode me prejudicar de mil maneiras, se quiser." "Ora, mas você tem a mim, não é?", ele disse. "O que você quer dizer com isso?" "Você tem a mim se precisar de apoio. Eu estou aqui."

Ele estava ali. Ela estava ali. As possibilidades de cada um haviam mudado radicalmente.

A primeira peça de roupa que Axler comprou para ela foi uma jaqueta de couro marrom, justa, até a cintura, com forro de lã, que ele viu na vitrine de uma loja na cidadezinha de ricaços que ficava a quinze quilômetros de sua casa, do outro lado do bosque. Axler entrou na loja e comprou a jaqueta que lhe pareceu, acertadamente, ser do tamanho adequado para ela. Custou mil dólares. Pegeen nunca possuíra uma roupa tão cara na vida, e nunca ficara tão bem com uma roupa. Ele disse que era presente de aniversário, fosse lá quando fosse seu aniversário. Nos dias que se seguiram, ela não tirava a jaqueta. Depois foram de carro a Nova York, em princípio para ir a uns restaurantes bons, assistir um ou dois filmes e passar o fim de semana fora juntos, e Axler acabou comprando mais roupas para ela — quando o fim de semana terminou, tinha gasto mais de cinco mil dólares em saias, blusas, cintos, jaquetas, sapatos e suéteres, roupas que davam a Pegeen uma aparência muito diferente da que ela tinha nos trajes que havia trazido de Montana. A primeira vez que foi à casa de Axler, não possuía praticamente nenhuma roupa que não pudesse ser usada por um garoto de dezesseis anos — só agora ela estava deixando de andar como um garoto de dezesseis anos. Nas lojas de Nova York, após experimentar uma roupa num provador, Pegeen ia até onde ele a esperava para lhe mostrar como ficava com a roupa e perguntar o que ele achava. A timidez só a paralisou nas primeiras horas; depois deixou a coisa acontecer, e no final já saía da cabine toda coquete, sorrindo de satisfação.

Axler comprava-lhe colares, pulseiras e brincos. Comprava-lhe *lingerie* fina para substituir os sutiãs esportivos e as calcinhas largas cinzentas. Comprava-lhe *baby-dolls* de cetim para substituir seus pijamas de flanela. Comprou dois pares de botas compridas, um marrom e o outro preto. O único casaco que Pegeen tinha, ela o herdara da falecida mãe de Priscilla. Era grande demais para ela e quadrado como uma caixa, e assim nos meses que se seguiram Axler comprou casacos mais elegantes — cinco ao todo. Poderia ter comprado cem. Não conseguia parar. Levando a vida que levava, quase nunca gastava dinheiro em coisas para si próprio, e nada lhe dava mais felicidade do que vê-la com uma aparência que jamais tivera. E, depois de algum tempo, também a ela nada dava mais felicidade que isso. Era uma verdadeira orgia de mimos e gastos que agradava a ambos.

Mesmo assim, Pegeen não queria que seus pais soubessem

daquele caso. Seria doloroso demais para eles. Axler perguntou: mais doloroso do que quando você lhes contou que era lésbica? Ela explicou o que acontecera naquele dia, quando tinha vinte e três anos. Sua mãe chorou e disse: "Não consigo imaginar nada pior", e seu pai fingiu que aceitava, mas passou meses sem sorrir. Houve muito sofrimento naquela casa durante um bom tempo depois que Pegeen revelou aos pais o que ela era. "Então por que seria tão doloroso para eles saber que você está comigo?", Axler perguntou. "Porque eles conhecem você há muito tempo. Porque vocês têm a mesma idade." "Como você quiser", ele disse. Mas não conseguia parar de pensar no que a levava a agir assim. Talvez Pegeen estivesse apenas mantendo o hábito de separar sua vida em compartimentos estanques, a vida sexual totalmente separada da sua vida de filha; talvez não quisesse que sua vida sexual fosse contaminada ou domesticada por preocupações filiais. Talvez se sentisse constrangida ao trocar as mulheres por um homem, e insegura quanto à possibilidade de que aquela mudança fosse permanente. Mas qualquer que fosse o motivo, Axler sentia que havia cometido um erro ao permitir que ela não contasse nada aos pais. Com a idade que tinha, saber que estava sendo mantido em segredo o comprometia. Também não entendia por que uma mulher de quarenta anos se preocupava tanto com o que os pais pensavam, especialmente uma mulher que já havia feito toda espécie de coisas que os pais não aprovavam e que já estava acostumada com a oposição deles. Não gostava de ver que Pegeen agia como uma pessoa mais jovem, porém não insistiu, pelo menos não por ora, e assim a família de Pegeen continuava a achar que ela levava sua vida de sempre, ao mesmo tempo que, com o passar dos meses, ela lhe parecia, pouco a pouco, porém de modo natural, abrir mão dos últimos sinais visíveis daquilo que ela agora denominava "meu equívoco de dezessete anos".

Não obstante, um dia, depois do café da manhã, surpreendendo a si próprio tanto quanto a ela, Axler perguntou: "Isso é o que você quer mesmo, Pegeen? Até agora nós estamos nos curtindo muito, e o efeito novidade é forte, o sentimento é forte e o prazer é forte, mas eu me pergunto se você sabe mesmo o que está fazendo".

"Sei, sim. Estou adorando", ela respondeu, "e não quero que isso acabe."

"Mas você sabe a que eu estou me referindo?"

"Sei. Questões de idade. Questões de opção sexual. A sua ligação com os meus pais. E provavelmente mais umas vinte coisas. E nenhuma delas me incomoda. Alguma delas incomoda você?"

"Será que não seria uma boa ideia", ele replicou, "antes que um de nós se machuque muito, a gente voltar atrás?"

"Você não está feliz?", ela perguntou.

"Minha vida nos últimos anos tem sido muito precária. Acho que não tenho mais forças para aguentar a destruição das minhas esperanças. Já tive muito desgosto matrimonial, e antes disso já sofri muito ao terminar com mulheres. É sempre doloroso, é sempre duro, e não quero me expor a isso a esta altura da minha vida."

"Simon, nós dois fomos abandonados", disse Pegeen. "Você estava no auge da crise e a sua mulher pegou as coisas dela e deixou você pra se virar sozinho. Eu fui traída pela Priscilla. Ela não apenas me abandonou como também abandonou o corpo que eu amava pra se tornar um homem bigodudo chamado Jack. Se nós fracassarmos, que seja por nossa causa, não por causa delas, não por causa do seu passado ou do meu. Não quero expor você a um risco, e sei que é um risco. Aliás, pra nós dois. Eu também estou correndo risco. É diferente do seu, claro. Mas a pior coisa que pode acontecer é você se afastar de mim. Eu não suportaria perder você agora. Se isso acontecer, vou ter que aguentar, mas quanto ao risco — nós já assumimos esse risco. Já fizemos isso. É tarde demais pra querer se proteger pulando fora."

"Você está dizendo que não quer sair disso enquanto está indo bem?"

"Exatamente. Eu quero você, entendeu? Saber que você está comigo me dá confiança. Não me deixe. Eu estou adorando, não quero que isso termine. Não tenho mais nada a dizer. Só posso dizer que vou tentar, se você também tentar. Isso não é mais só um caso passageiro."

"Nós assumimos o risco", ele disse, repetindo as palavras dela.

"Nós assumimos o risco", ela replicou.

Quatro palavras cujo significado era que não havia pior hora para ela ser abandonada por ele. Ela diz o que tiver que dizer, pensou Axler, mesmo que pareça um diálogo de novela de televisão, para que a coisa não termine, porque ela continua sofrendo, tantos meses depois, por conta da traição de Priscilla e dos ultimatos de Louise. Ela não faz isso para me enganar — é uma estratégia instintiva. Mas um dia há de chegar, pensou Axler, em que as circunstâncias vão deixá-la muito mais forte para terminar o relacionamento, enquanto eu vou estar numa posição mais fraca apenas por ter sido indeciso demais para terminar agora. E quando ela estiver forte e eu estiver fraco, o golpe será insuportável.

Ele achava que estava prevendo o futuro com clareza, e no entanto não conseguia fazer nada para mudar a situação. Estava feliz demais para mudar.

Com o passar dos meses, Pegeen deixara o cabelo crescer até quase os ombros, um cabelo castanho abundante com um brilho natural que ela começou a achar que devia cortar de modo diferente do estilo masculino que havia adotado desde que se tornara adulta. No fim de semana, chegou em casa com duas revistas cheias de fotos de cortes de cabelo diferentes, revistas de um tipo que Axler nunca vira antes. "Onde você arrumou essas revistas?", ele perguntou. "Uma das minhas alunas", ela respondeu. Sentaram-se lado a lado no sofá da sala, e ela ficou a folhear as revistas, dobrando os cantos das páginas em que havia um estilo que lhe parecia apropriado. Por fim, depois que reduziram as possibilidades a duas, ela arrancou as páginas e ele telefonou para uma amiga, uma atriz em Manhattan, e perguntou-lhe em que salão Pegeen devia cortar o cabelo, a mesma amiga que dissera a Axler onde deveria levar Pegeen para comprar roupas e joias. "Eu bem que queria ser sustentada assim", comentou a amiga. Mas Axler não entendia a coisa dessa maneira. Tudo o que estava fazendo era ajudar Pegeen a ser uma mulher que ele gostaria de ter, e não uma mulher que outra mulher gostaria de ter. Juntos, empenharam-se nessa causa.

Axler foi com ela a um salão caro no Upper East Side. Uma moça japonesa cortou o cabelo de Pegeen depois de ver as duas fotos que eles haviam levado. Axler jamais vira Pegeen parecer tão indefesa quanto ali, sentada na cadeira do cabeleireiro diante do espelho depois que seu cabelo foi lavado. Nunca a vira tão fraca, tão sem saber como agir. Vê-la assim, silenciosa, tímida, às raias da humilhação, sem conseguir sequer olhar para sua imagem no espelho, emprestava àquela ida ao cabeleireiro um significado totalmente diferente, minando a autoconfiança de Axler e levando-o a perguntar a si próprio, como já havia feito mais de uma vez, se não estaria se deixando cegar por uma ilusão estupenda e desesperada. Como uma mulher assim poderia se sentir atraída por um homem que está perdendo tanto? Ele não estaria levando-a a fingir ser uma pessoa que na realidade não era? Não a estaria fantasiando, como se uma saia cara pudesse livrá-la de quase vinte anos de experiência vivida? Não estaria distorcendo-a e ao mesmo tempo enganando a si próprio — vivendo uma mentira que terminaria não sendo de modo algum inofensiva? E se ele acabasse sendo apenas um rápido parêntese de intrusão masculina numa vida lésbica?

Nesse momento, porém, o cabelo castanho, lustroso, abundante de Pegeen foi cortado — abaixo da base do pescoço, em camadas bem desiguais, o que lhe dava a aparência apropriada de um descabelamento descuidado — e ela parecia tão transformada que todas essas perguntas sem resposta deixaram de incomodá-lo; não valia a pena nem mesmo levá-las a sério. Pegeen precisou de um pouco mais de tempo do que ele para se convencer de que haviam feito a opção correta, mas poucos dias depois o corte de cabelo e tudo que ele representava no sentido de permitir que Axler moldasse Pegeen, determinasse como deveria ser sua aparência e propusesse qual era a vida verdadeira dela, tudo isso parecia ser mais do que simplesmente aceitável. Talvez porque ela parecia tão bela aos olhos de Axler, Pegeen não reagiu e continuou se submetendo aos cuidados dele, por mais que isso destoasse da imagem que havia construído para si própria durante toda sua vida. Se é que de fato a vontade dela é que estava se submetendo a Axler — se é que não era ela que havia assumido o controle dele por completo.

No final de uma tarde de sexta-feira, Pegeen chegou à casa de Axler perturbada — em Lansing, seus pais haviam recebido um telefonema noturno de Louise, que lhes dissera que a filha deles a havia enganado e explorado de modo oportunista.

"O que mais?", ele perguntou.

A pergunta quase levou Pegeen às lágrimas. "Ela falou sobre você. Disse que eu estava vivendo com você."

"E como foi que eles reagiram?"

"Foi minha mãe que atendeu. Ele estava dormindo."

"E qual foi a reação dela?"

"Ela me perguntou se era verdade. Eu disse a ela que não estava vivendo com você. Que nós agora estávamos muito amigos."

"E o seu pai disse o quê?"

"Ele nem pegou o telefone."

"Por quê?"

"Não sei. Aquela filha da puta! Por que é que ela não para com isso?!", ela exclamou. "Essa vaca obsessiva, possessiva, ciumenta, rancorosa!"

"Isso dela contar tudo pros seus pais é tão sério pra você?"

"E não é pra você?", Pegeen perguntou.

"Só porque faz você sofrer. Fora isso, nem um pouco. Eu acho até bom."

"O que é que eu digo ao meu pai quando falar com ele?", ela indagou.

"Pegeen Mike — diga o que você quiser."
"E se ele não quiser falar comigo?"
"Acho difícil isso acontecer."
"E se ele quiser falar com você?"
"Aí nós vamos conversar", respondeu Axler.
"Será que ele está muito zangado?"
"O seu pai é uma pessoa razoável e sensata. Por que é que ele ia ficar zangado?"
"Ah, aquela filha da puta — ela está completamente enlouquecida. Está descontrolada."
"É verdade", ele concordou, "quando ela pensa em você ela sofre. Mas você não está descontrolada, eu não estou e os seus pais também não estão."
"Então por que foi que meu pai não falou comigo?"
"Se você está tão preocupada, ligue pra ele e pergunte. Se você preferir, eu falo com ele."
"Não, pode deixar — eu mesma falo."
Pegeen esperou até que terminassem de jantar e ligou para Lansing, do escritório dela, com a porta fechada. Depois de quinze minutos de conversa, saiu do escritório com o telefone e fez sinal com o aparelho para Axler.
Ele atendeu. "Asa? Alô."
"Alô. Soube que você seduziu a minha filha."
"Estou tendo um caso com ela, sim."
"Pois eu não posso esconder que estou um pouco espantado."
"Bom", replicou Axler, rindo, "não posso esconder que eu também estou."
"Quando ela me disse que ia visitar você, nunca imaginei que isso fosse acontecer", disse Asa.
"Que bom que você não se incomoda", Axler respondeu.
Asa fez uma pausa antes de dizer: "A Pegeen é maior e vacinada. Ela já deixou de ser criança há muito tempo. Olha, a Carol quer falar também", e passou o telefone para a mulher.
"Ora, ora", disse Carol, "quem ia imaginar uma coisa dessas quando nós todos éramos garotos em Nova York?"

"Ninguém", respondeu Axler. "Eu não podia imaginar isso no dia que ela chegou aqui."

"Será que a minha filha está fazendo a coisa certa?", perguntou Carol.

"Acho que está."

"Qual é o seu plano?", perguntou Carol.

"Não tenho plano nenhum."

"A Pegeen sempre nos surpreende."

"A mim também", disse Axler. "E acho que surpreendeu a si própria."

"Sem dúvida ela surpreendeu a amiga dela, a Louise."

Ele não quis comentar que a própria Louise era uma surpresa. A intenção de Carol, claramente, era ser simpática e cautelosa, mas seu tom seco indicava que aquele telefonema estava sendo um suplício e que ela e Asa estavam apenas fazendo a coisa certa, como sempre, fazendo a coisa sensata que seria a melhor para a felicidade de Pegeen. Não queriam que ela se afastasse deles aos quarenta anos de idade, tal como havia se afastado aos vinte e três, quando lhes contou que era lésbica.

No sábado seguinte, Carol veio de avião de Michigan para almoçar com Pegeen em Nova York. Pegeen pegou o carro e foi à cidade de manhã e retornou por volta de oito da noite. Axler havia preparado o jantar, e foi só quando terminaram de comer que perguntou a ela como tinha sido.

"Bem, o que foi que ela disse?", perguntou Axler.

"Você quer que eu conte toda a verdade?", retrucou Pegeen.

"Por favor", ele insistiu.

"Está bem", ela disse, "vou tentar lembrar exatamente o que nós dissemos. Foi uma espécie de interrogatório benigno. Nada de vulgar nem de interesseiro da parte dela. Só aquela franqueza de Kansas típica da minha mãe."

"Diga logo."

"Você quer ficar sabendo de tudo", disse Pegeen.

"Quero", ele respondeu.

"Bom, pra começar, no restaurante, ela passou direto pela minha mesa — não me reconheceu. Eu disse: 'Mamãe', aí ela virou pra trás e disse: 'Ah, meu Deus, é a minha filha. Mas como você está bonita'. E eu disse: 'Bonita? Você não me achava bonita antes?'. E ela disse: 'Corte de cabelo novo, roupas de um tipo que eu nunca vi você usar'. E eu disse: 'Mais feminina, é o que você quer dizer'. 'Com certeza', ela concordou, 'sim. Você ficou muito bem, minha querida. Quando foi que isso começou?' Eu respondi, e ela disse: 'O corte está muito bonito. Barato é que não foi'. E eu disse a ela: 'Estou só tentando uma coisa nova'. E ela: 'É, você está tentando uma coisa nova, sim, de várias maneiras. Eu vim até aqui porque queria ter certeza que você pesou bem as implicações desse seu caso'. Eu respondi que achava que ninguém ficava pesando nada quando se trata de um envolvimento amoroso. Disse que eu estava muito feliz no momento. E ela: 'Ficamos sabendo que ele esteve internado numa clínica psiquiátrica. Uns dizem que ele ficou lá seis meses, outros que foi um ano — eu realmente não tenho certeza'. Expliquei a ela que você ficou internado vinte e seis dias e que isso já faz um ano, e que tinha a ver com os seus problemas com o trabalho de ator. Eu disse que você perdeu a capacidade de atuar temporariamente, e sem poder trabalhar você entrou em crise. Que todos os problemas emocionais ou mentais que você teve antes não estavam se manifestando na nossa vida em comum. Que você era uma das pessoas mais equilibradas que eu já tinha conhecido e que quando estamos juntos você parece estável e feliz. E ela perguntou: 'Ele ainda não está conseguindo trabalhar?'. E eu respondi que sim e não — estava, sim, mas que eu achava que por ter me conhecido e estar comigo a coisa não era mais aquela tragédia de antes. Agora era mais como um atleta que se machucou, não está podendo jogar e está esperando ficar bom. E ela disse: 'Você não está achando que tem que salvá-lo, não, não é?'. Garanti que não e ela me perguntou o que é que você fazia pra passar o tempo, e eu respondi: 'Ele fica comigo. Acho que está planejando ficar comigo. Ele lê. Ele compra roupas pra mim'. Bom, ela aproveitou a deixa: 'Quer dizer que essas roupas foi ele que comprou pra você. Ora, eu diria que talvez exista uma fantasia de salvação nessa história'. Respondi que ela estava exagerando, que era só uma coisa que nós dois gostávamos de fazer, por que não deixarmos as coisas assim? Eu disse: 'Ele não está me levando a fazer nada que eu não queira fazer'. Ela perguntou: 'Você vai com ele quando ele compra roupa pra você?'. Eu respondi: 'Normalmente vou. Mas insisto que é uma coisa que faz ele ficar feliz. E eu percebo isso nele. Como, por acaso, é uma experiência que eu também estou com vontade de ter', continuei, 'não vejo motivo pra ninguém se preocupar'. E foi então que a conversa mudou de direção. Ela disse: 'Pois preciso dizer que estou preocupada, sim. Você não está acostumada a lidar com homens, e eu acho estranho — se bem que talvez não seja tão estranho assim — que o homem que você escolheu pra dar início a essa nova vida é um homem vinte e cinco anos mais velho que você, que entrou em crise e teve que se internar. E que agora, na verdade, está desempregado. Todas essas coisas não me cheiram bem'. Respondi que não me parecia nada pior do que a situação em que eu estava antes, com uma pessoa que me amava muito e que um belo dia me disse: 'Não posso continuar com esse corpo', e resolveu que queria ser homem. E então fiz o meu discurso, o discurso que eu havia preparado e ensaiado em voz alta no carro, indo pra Nova York. Eu disse: 'E quanto à idade dele, mamãe, não acho que isso seja um problema. Se eu vou tentar me tornar atraente para os homens e também ver se sou mesmo atraída por eles, isso me parece um excelente teste. Essa pessoa é o teste. Os vinte e cinco anos pra mim representam vinte e cinco anos de mais experiência do que uma pessoa que fosse da minha idade. Não estamos falando em nos casar. Eu já lhe disse — estamos só nos curtindo. E em parte eu o estou curtindo por ele ser vinte e cinco anos mais velho do que eu'. E ela disse: 'E ele está curtindo você porque você é vinte e cinco anos mais moça que ele'. Eu disse: 'Não vá se ofender, não, mamãe, mas será que você está com ciúme?'. E ela riu, dizendo: 'Minha querida, tenho sessenta e três anos e estou muito bem casada com seu pai há mais de quarenta anos. É verdade', disse ela, 'e talvez você vá gostar de saber disto, que quando fiz o papel de Pegeen Mike e o Simon interpretou o Christy na peça de Synge, eu fiquei meio caída por ele. E quem não ficava? Ele era muito atraente, cheio de energia, exuberante, brincalhão, era um homem grande, um ator maravilhoso, já naquela época dava pra ver que o talento dele era muito maior que o de todo mundo. É, fiquei caída por ele, sim, mas eu já estava casada e grávida de você. Foi uma paixonite que passou. De lá pra cá, acho que estive com ele no máximo umas dez vezes. Tenho o maior respeito por ele como ator. Mas continuo a me preocupar com essa história de internação. Não é pouca coisa, uma pessoa se internar numa clínica psiquiátrica e passar um tempo lá, seja pouco ou muito. Olhe', ela disse, 'pra mim o importante é que você não está entrando nessa história às cegas. Não vale a pena você fazer uma coisa que, por falta de experiência, uma garota de vinte anos poderia fazer. Eu não quero que você entre nessa de inocente'. E eu disse: 'Eu de inocente não tenho nada, mamãe'. Perguntei o que ela tinha medo que acontecesse comigo que não poderia acontecer com qualquer uma. E ela disse: 'Do que é que eu tenho medo? Eu tenho medo de pensar que ele está envelhecendo a cada dia. É assim que a coisa é. Um dia você tem sessenta e cinco anos, depois você tem sessenta e seis, depois sessenta e sete, e por aí vai. Daqui a uns poucos anos ele vai estar com setenta. Você vai estar com um homem de setenta anos. E a coisa não para aí', ela prosseguiu. 'Depois ele vai estar com setenta e cinco anos. Não para. Continua. Ele vai começar a ter os problemas de saúde típicos dos velhos, e talvez até coisas piores, e você vai ter que tomar conta dele. Você está apaixonada por ele?', ela perguntou. Eu disse que achava que estava. E ela perguntou: 'E ele está apaixonado por você?'. E eu respondi que achava que sim. Eu disse: 'Acho que a coisa vai dar certo, mamãe. Fico até pensando que ele tem mais motivos pra se preocupar que eu. Que essa situação é mais precária pra ele do que pra mim'. Ela perguntou: 'Como assim?'. Eu respondi: 'Bom, como você mesma diz, eu estou experimentando isso pela primeira vez. Embora pra ele seja novidade também, pra mim é uma novidade muito maior. Estou muito surpresa de constatar que estou adorando. Mas ainda não posso afirmar que essa mudança é uma coisa que eu vou querer em caráter definitivo'. E ela disse: 'Está bem, não quero ficar insistindo e dar a impressão de que a coisa é mais urgente do que é, do que vai vir a ser. Eu só achei que era importante falar com você, e faço questão de dizer, mais uma vez, que fiquei muito bem impressionada com a sua aparência'. E aí eu perguntei a ela: 'Isso faz você achar que você continua preferindo que sua filha não fosse lésbica?'. Ela respondeu: 'Me faz pensar que talvez você tenha preferido não continuar sendo lésbica. É claro que você pode fazer o que bem entender. Quando você era jovem e muito independente, *você* nos ensinou isso. Mas não tenho como não perceber a mudança física. Você está fazendo *tudo* pra que todo mundo perceba isso. Até os olhos você está pintando. É uma transformação impressionante'. Foi então que eu perguntei: 'O que você acha que o papai diria?'. E ela respondeu: 'Ele não pôde vir porque uma nova peça vai estrear daqui a uns dias e não dá pra ele se afastar. Mas ele queria vir também, e assim que a peça entrar em cartaz ele vem, se você não se incomodar. E aí você pergunta diretamente a ele. Mas é isso. Vamos fazer umas compras?', ela me convidou. 'Adorei o seu sapato. Onde foi que você comprou?' Eu disse a ela, e ela: 'Você se incomoda se eu comprar um igualzinho? Quer ir comigo lá?'. E assim fomos de táxi à Madison Avenue e ela comprou um par de escarpins de verniz rosa e bege, de bico fino e saltinho. Agora ela está lá em Michigan usando o meu sapato Prada. Ela também gostou da minha saia, e aí fomos comprar uma saia pra ela parecida com a minha, lá no SoHo. Um final feliz, não é? Mas no fim da tarde, sabe o que ela disse antes de ir pro aeroporto com suas sacolas de compras? É isto, e não a história dos sapatos, que é o verdadeiro fim. Ela disse: 'O que você tentou fazer comigo no almoço, Pegeen, foi me convencer de que isso que você está fazendo é a coisa mais sensata e razoável no mundo, o que não é verdade, claro. Mas é perda de tempo uma pessoa de fora tentar convencer você de que você não devia gostar da coisa que você acorda todos os dias querendo, a coisa que está tirando você de um cotidiano maçante. Eu preciso lhe dizer que logo que fiquei sabendo dessa história, achei que era uma maluquice e uma imprudência. E agora que conversei com você e passei o dia com você, que saí pra fazer compras com você pela primeira vez desde que você entrou na faculdade, agora que eu vi que você está completamente tranquila, racional e decidida a respeito da situação, eu continuo achando uma maluquice e uma imprudência'."

Nesse ponto, Pegeen calou-se. Ela levara quase meia hora para relatar aquela conversa, e durante todo o tempo Axler permanecera calado, sem se levantar da cadeira, e não pedira que ela parasse em nenhuma das várias ocasiões em que teve a impressão de que já ouvira o suficiente. Mas não era do seu interesse pedir-lhe que parasse — era do seu interesse saber tudo, ouvir tudo, até mesmo, se necessário fosse, ouvi-la dizer: "Ainda não posso afirmar que essa mudança é uma coisa que eu vou querer em caráter definitivo".

"Foi isso. Só isso", disse Pegeen. "Foi basicamente isso o que a gente disse."

"Foi melhor ou pior do que você esperava?", ele perguntou.

"Muito melhor. No carro, indo pra lá, eu estava muito nervosa."

"Bem, pelo visto você não tinha motivo pra ficar nervosa. Você se saiu muito bem."

"Depois fiquei muito nervosa na volta, pensando em contar tudo isso a você, sabendo que, se eu dissesse a verdade, você não ia gostar de tudo que eu ia dizer."

"Você também não tinha motivo pra isso."

"É mesmo? Espero que por eu ter contado tudo você não fique contra a minha mãe."

"A sua mãe disse o que toda mãe diria. Eu compreendo." Ele riu e acrescentou: "Na verdade, confesso que até concordo com ela".

Em voz baixa, corando enquanto falava, Pegeen acrescentou: "Espero que o que eu contei não faça você ficar contra mim".

"Pelo contrário, isso me fez admirar você", disse ele. "Você não se esquivou de nada, nem quando falou com ela nem quando falou comigo agora."

"Sério? Você não está magoado?"

"Não." Mas é claro que estava — magoado e irritado. Havia escutado tudo em silêncio — escutado com atenção, tal como havia escutado em toda sua vida, no palco e fora do palco —, mas o que mais lhe doera fora a explanação feita por Carol do processo de envelhecimento e o impacto que isso teria sobre sua filha. Além disso, por mais que ele negasse agora, também o perturbara aquela expressão "uma maluquice e uma imprudência". Toda aquela história o enojava. Talvez não se incomodasse se Pegeen tivesse vinte e dois anos e houvesse uma diferença de quarenta anos entre eles, mas por que essa estranha relação possessiva com uma quarentona despachada? E por que cargas-d'água uma quarentona haveria de se importar com o que os pais dela queriam? Em parte, Axler pensava, eles deviam até gostar de ela estar com ele, pelo menos do ponto de vista estritamente financeiro. Afinal, um homem famoso e cheio de dinheiro estava tomando conta dela. E ela, também, já está deixando para trás a juventude. Ela resolve viver com um homem que realizou alguma coisa na vida — qual é o problema? E no entanto, a mensagem é: você não devia se tornar responsável por um velho maluco.

Porém, como Pegeen havia aparentemente rejeitado a visão que Carol tinha dele, Axler achou melhor não mencionar todas as outras coisas que não o haviam agradado. O que adiantaria atacar a mãe de Pegeen por se intrometer? Melhor dar a impressão de que levava aquilo na brincadeira. Se ela viesse a enxergá-lo pelos olhos da mãe, ele não poderia fazer nada mesmo.

"Você é maravilhoso pra mim", disse Pegeen. "Você é tudo que eu precisava."

"Como você é pra mim", ele retrucou, e deixou a coisa por isso mesmo. Não acrescentou: "E quanto aos seus pais, se pudesse eu os pouparia, mas não posso pautar minha vida pelos sentimentos deles. Os sentimentos deles não são muito importantes pra mim, pra ser sincero, e a essa altura dos acontecimentos também não deviam ser pra você". Não, ele não diria nada disso. Era melhor calar a boca, ter paciência e torcer para que a família de Pegeen pouco a pouco saísse de cena.

No dia seguinte, Pegeen se dedicou à tarefa de retirar o papel de parede de seu escritório. Aquele papel tinha sido escolhido por Victoria muitos anos antes, e embora Axler fosse de todo indiferente a esse tipo de coisa, Pegeen não o suportava e perguntou-lhe se podia arrancá-lo. Axler respondeu que aquele quarto era dela, que ela podia fazer com ele o que quisesse, tal como o quarto dos fundos do segundo andar e o banheiro ao lado dele, e aliás com todos os outros cômodos da casa. Ele lhe disse que podia chamar um pintor para fazer aquilo, mas Pegeen insistiu que ela própria se encarregaria de arrancar o papel e pintar as paredes, desse modo apossando-se oficialmente do escritório. Tinha em sua casa todas as ferramentas necessárias para arrancar papel de parede, e ela as havia trazido consigo para começar o serviço naquele domingo, exatamente um dia depois de sua mãe, em Nova York, ter lhe dito que não via com bons olhos sua presença naquela casa. Naquele dia, ele foi vê-la retirando o papel de parede umas dez vezes, e a cada vez saía do escritório repetindo interiormente o mesmo pensamento tranquilizador: ela não estaria trabalhando daquele jeito se Carol a tivesse convencido a deixá-lo. Ela não estaria fazendo aquilo se não estivesse planejando ficar.

Naquela tarde, Pegeen voltou à faculdade, pois teria de dar aula na manhã seguinte bem cedo. Quando o telefone tocou por volta das dez da noite de domingo, ele achou que seria Pegeen dizendo que havia chegado bem. Não era. Era a decana rejeitada. "Esteja avisado, vossa celebridade: ela é desejável, audaciosa, totalmente sem escrúpulos, totalmente fria, incrivelmente egoísta e completamente amoral." Em seguida, desligou.

Na manhã seguinte, Axler deixou o carro na oficina para fazer um conserto, e o mecânico foi levá-lo em casa no reboque.

Ficou de devolver o carro a Axler no final da tarde. Por volta do meio-dia, quando Axler foi à cozinha preparar um sanduíche, por acaso estava olhando pela janela quando viu alguma coisa passar correndo pelo campo ao lado do celeiro e desaparecer atrás dele. Dessa vez era uma pessoa, não um gambá. Axler recuou da janela da cozinha e ficou aguardando para ver se havia uma segunda, terceira ou quarta pessoa escondidas em algum lugar. Nos últimos meses, havia ocorrido uma série preocupante de arrombamentos de casas no condado, quase sempre casas fechadas, frequentadas apenas nos finais de semana, e Axler imaginou que talvez, por seu carro não estar na garagem, os ladrões tivessem escolhido sua casa para roubá-la em plena luz do dia. Rapidamente, subiu até o sótão para pegar sua arma e carregá-la. Em seguida, voltou à cozinha e ficou vigiando o terreno pela janela. Cem metros ao norte, na estrada que corria perpendicular à sua rua, viu um carro estacionado, mas estava tão longe que não era possível ver se havia alguém dentro dele. Não era comum ver um carro estacionado ali a qualquer hora do dia ou da noite — havia um morro coberto de floresta do outro lado da estrada, e do lado de sua casa havia campo aberto entre a estrada e o celeiro, a garagem e a casa. De repente a pessoa escondida atrás do celeiro foi saindo sorrateiramente do esconderijo e correu para a frente da casa. Da cozinha, ele viu que era uma mulher alta, magra, ruiva, que trajava *jeans* e uma jaqueta de náilon azul-marinho. Estava olhando para dentro da sala de visita pela janela. Como ele ainda não sabia se ela estava sozinha ou não, por um momento Axler ficou imóvel, com a arma nas mãos. A mulher então passou a andar de uma janela a outra, parando diante de cada uma e olhando bem para o interior da casa. Axler saiu pela porta dos fundos e, sem que a mulher o visse, chegou a cerca de três metros dela, quando ela estava olhando para dentro da sala de visitas por uma das janelas no lado sul da casa.

Apontando a arma para ela, Axler perguntou: "A senhora está precisando de alguma coisa?".

"Ah!", a mulher exclamou, virando-se e vendo-o. "Ah, desculpe."

"A senhora está sozinha?"

"Estou sozinha, sim. Meu nome é Louise Renner."

"A senhora é a decana."

"Isso mesmo."

Ela não parecia ser muito mais velha do que Pegeen, mas era bem mais alta, apenas um pouco mais baixa do que Axler, e com seu porte muito ereto, o cabelo ruivo penteado para trás, expondo a testa alta, e preso na nuca num coque severo, tinha uma certa aura heroica de estátua. "O que é que a senhora está querendo?", ele indagou.

"Estou invadindo a sua propriedade, eu sei. Eu não ia fazer nada de mau. Pensei que não havia ninguém em casa."

"A senhora já esteve aqui antes?"

"Só passei por aqui de carro."

"Por quê?"

"O senhor podia baixar essa arma? Ela está me deixando muito nervosa."

"Bem, e a senhora me deixou nervoso espiando pelas janelas."

"Desculpe. Peço desculpas. Foi uma estupidez. Uma coisa vergonhosa. Eu vou embora."

"O que a senhora estava fazendo?"

"O senhor sabe", ela respondeu.

"Me diga."

"Eu só queria saber onde ela passa os fins de semana."

"A senhora não está nada bem. Veio lá de Vermont pra descobrir isso."

"Ela prometeu que nós ficaríamos juntas pra sempre, e três semanas depois foi embora. Peço desculpas mais uma vez. Isso nunca aconteceu comigo. Eu não tinha nada que vir aqui."

"E imagino que não tenha sido nada bom me encontrar em casa."

"Não, não foi."

"Isso deixou a senhora fervendo de ciúme", ele retrucou.

"De ódio, se o senhor quer saber a verdade."

"Foi a senhora que telefonou ontem à noite."

"Eu não estou conseguindo me controlar", ela respondeu.

"A senhora está obcecada, por isso me telefona, está obcecada, e por isso invade a minha propriedade. E no entanto é uma mulher muito atraente."

"É a primeira vez que um homem armado me diz isso."

"Não sei por que ela a trocou por mim."

"Não sabe, não?"

"A senhora é uma valquíria ruiva e eu sou um velho."

"Um velho que é uma estrela, sr. Axler. Não faça de conta que o senhor não é ninguém."

"A senhora não quer entrar?", ele convidou.

"Por quê? Quer me seduzir também? É a sua especialidade, converter lésbicas?"

"Minha senhora, não fui eu que banquei o espião. Não fui eu que liguei pros pais dela lá em Michigan à meia-noite. Não fui eu que dei um telefonema anônimo pra 'vossa celebridade' ontem à noite. Não dá pra senhora assumir esse tom de acusação."

"Eu estou fora de mim."

"A senhora acha que ela vale tanto assim?"

"Não. Claro que não", a mulher respondeu. "Ela não é nada bonita. Não é tão inteligente assim. E não é adulta. É uma pessoa anormalmente infantil pra idade dela. No fundo, não passa de uma criança. Ela transformou a namorada dela lá de Montana num homem. Me transformou numa pedinte. Sabe-se lá em que ela vai transformar o senhor. Por onde passa, ela deixa uma trilha de desgraça. De onde ela tira tanto poder?"

"Tente adivinhar", ele retrucou.

"É isso que é a causa do desastre?", a decana perguntou.

"Ela tem alguma coisa sexualmente muito poderosa", ele respondeu, e observou que a mulher recuou diante daquelas palavras. Mas não devia mesmo ser fácil para a perdedora se ver diante do vencedor.

"Ela tem muita coisa de poderoso", disse a decana. "Ela é mulher e homem. É criança e adulta. Tem uma adolescente dentro dela que nunca cresceu. Ela é ingênua e esperta. Mas não é a sexualidade dela por si só que lhe dá poder — somos nós. Somos nós que conferimos a ela o poder de destruir. A Pegeen não é ninguém, o senhor sabe."

"A senhora não estaria sofrendo tanto se ela não fosse ninguém. Ela não estaria aqui se não fosse ninguém. Olha, melhor a senhora entrar. Pra ver tudo bem de perto." E para que ele ouvisse mais a respeito de Pegeen, por mais que as observações daquela mulher fossem distorcidas pelo fato de ela ter sido "explorada" por Pegeen. Sim, ele queria ouvi-la falar, das profundezas de sua mágoa, da pessoa no mundo que estava mais próxima a ele.

"Acho que já me dou por satisfeita", disse a decana.

"Entre", ele insistiu.

"Não."

"Está com medo de mim?", ele perguntou.

"Eu fiz uma bobagem e peço desculpas. Invadi sua propriedade e lamento o que fiz. E agora eu queria que o senhor me deixasse ir embora."

"Eu não estou prendendo a senhora. A senhora sempre dá um jeito de se colocar numa posição moralmente superior. Mas não fui eu que a convidei pra vir aqui."

"Então por que é que o senhor quer que eu entre? Porque seria uma vitória transar com a mulher com quem a Pegeen transava?"

"Não tenho essa ambição. Estou satisfeito com as coisas tal como elas estão. Eu estava só sendo educado. Eu podia lhe oferecer um café."

"Não", disse a decana, fria. "Não, você quer é me comer."

"Isso é o que você quer que eu queira?"

"Isso é o que você quer."

"Foi pra tentar conseguir isso que você veio até aqui? Pra se vingar da Pegeen na mesma moeda?"

De repente ela não conseguiu mais ocultar seu sofrimento e começou a chorar. "Tarde demais, tarde demais", soluçava.

Axler não entendeu a que ela se referia, mas não quis perguntar. Enquanto Louise chorava cobrindo o rosto com as mãos, ele lhe deu as costas e, com a arma a seu lado, voltou para dentro de casa pela porta dos fundos, tentando acreditar que nada do que ela dissera sobre Pegeen, nem ainda havia pouco, ali fora, nem na noite anterior, pelo telefone, podia ser levado a sério.

Quando telefonou a Pegeen naquela noite, não mencionou o que ocorrera à tarde, e também não lhe falou sobre a visita de Louise quando Pegeen veio para sua casa no fim de semana, e, enquanto faziam amor, não conseguiu deixar de pensar na valquíria ruiva e na fantasia do que não tinha acontecido.

3. O ÚLTIMO ATO

Por causa da dor na coluna, na hora de trepar Axler não podia se deitar em cima de Pegeen, e nem mesmo ficar de lado; assim, ele se punha em decúbito dorsal enquanto ela montava nele, apoiando-se com os joelhos e as mãos para não jogar seu peso sobre a pélvis dele. De início, Pegeen ficava totalmente sem *know-how* nessa posição, e Axler era obrigado a guiá-la com as duas mãos, indicando-lhe o caminho. "Eu não sei o que fazer", disse ela, tímida. "Você está montada num cavalo", ele respondeu. "Vá em frente." Quando Axler enfiou o polegar no cu de Pegeen, ela suspirou de prazer e cochichou: "Ninguém nunca enfiou nada aí dentro" — "Improvável", ele cochichou em resposta — e quando mais tarde enfiou o pau lá, Pegeen deixou que ele introduzisse o máximo possível, até não aguentar mais. "Doeu?" "Doeu, mas é você." Muitas vezes depois ela segurava o pau dele na mão espalmada e ficava olhando, vendo a ereção refluir. "O que você está olhando?", ele perguntou. "Isso enche a gente", ela respondeu, "de um jeito que um consolo ou um dedo não consegue. Está vivo. É uma coisa viva." Em pouco tempo Pegeen aprendeu a cavalgar, e não demorou para que começasse a lhe pedir, enquanto subia e descia devagar: "Me bate". E quando ele batia, ela debochava: "Isso é toda a sua força?". "O seu rosto já está vermelho." "Mais forte", ela pedia. "Está bem, mas por quê?" "Porque eu deixo você fazer isso. Porque dói. Porque assim eu me sinto uma menininha, e me sinto uma puta. Bate. Mais forte."

Num fim de semana, Pegeen trouxe um pequeno saco plástico cheio de brinquedos sexuais e despejou seu conteúdo sobre a cama quando estavam se preparando para deitar-se. Axler já tinha visto consolos antes, porém só em fotografias vira as cintas de couro que mantinham o consolo no lugar e permitiam que uma mulher montasse na outra e a penetrasse. Ele pedira a Pegeen que trouxesse os brinquedos, e agora ficou vendo-a prender os arreios na cintura e apertá-los como um cinto. Parecia um pistoleiro se vestindo, o mesmo porte arrogante. Depois inseriu um pênis de borracha verde no local apropriado dos arreios, exatamente na altura de seu clitóris. Ficou em pé, ao lado da cama, nua, com o consolo em riste. "Deixa eu ver o seu", disse ela. Axler tirou as calças e jogou-as na cama enquanto ela segurava o pênis verde e, tendo-o lubrificado com vaselina, fingiu masturbar-se como um homem. Admirado, Axler comentou: "Parece de verdade". "Você quer que eu coma você." "Não, obrigado", ele respondeu. "Não vou te machucar", disse ela, sedutora, baixando o tom de voz. "Prometo que vou ser muito delicada", insistiu. "Engraçado, mas você não parece que vai ser muito delicada." "As aparências enganam. Ah, deixa", pediu, rindo, "você vai *gostar*. É uma nova fronteira." "Quem vai gostar é *você*. Não, prefiro que você me chupe", ele retrucou. "Mas eu fico com a minha piroca", ela disse. "Isso mesmo." "Eu fico com o meu pirocão verde." "É o que eu quero." "Eu fico com o meu pirocão verde e você brinca com os meus peitinhos." "Acho que assim está bom." "E depois que eu chupar você", ela disse, "você me chupa. Você chupa o meu pirocão verde." "Isso eu faço", ele respondeu. "Quer dizer que isso você faz. Você traça umas fronteiras estranhas. Seja como for, fique sabendo que você é um tremendo tarado, pra curtir uma garota como eu." "Posso até ser um tarado, mas eu acho que você não é mais uma garota como você." "Ah, não acha, não?" "Não com esse corte de cabelo de duzentos dólares. E com essa roupa. E com um sapato que a sua mãe resolveu comprar igual." A mão dela continuava a masturbar lentamente o consolo. "Você realmente acha que conseguiu me tirar do lesbianismo com dez meses de trepação?" "Você está me dizendo que continua transando com mulheres?", ele perguntou. Ela continuou a masturbar o consolo. "É isso, Pegeen?" Com a mão livre ela levantou dois dedos. "O que é que isso quer dizer?", ele perguntou. "Duas vezes." "Com a Louise?" "Você está maluco." "Então com quem?" Ela ficou vermelha. "Tinha dois times de garotas jogando softbol no campo que eu passo todo dia quando vou pra faculdade. Estacionei, saltei e fiquei lá assistindo à partida." Após uma pausa, ela confessou: "Quando terminou o jogo, a arremessadora, uma lourinha de rabo de cavalo, foi pra casa comigo". "E a segunda vez?" "A outra arremessadora, loura com rabo de cavalo." "E pra completar o time, ainda tem várias jogadoras esperando a vez", ele comentou. "Não foi uma coisa planejada", ela argumentou, ainda acariciando o pau verde. "Talvez, Pegeen Mike", disse ele, com o sotaque irlandês que não usava desde os tempos que atuou em *O prodígio do mundo ocidental*, "fosse bom você me dizer se está pretendendo fazer isso de novo. Eu preferia que isso não acontecesse", acrescentou, sabendo que não tinha o poder de segurá-la só para si, sabendo que seu ardor era algo risível — e tentando ocultar seus sentimentos por trás do sotaque. "Eu já disse, não foi uma coisa planejada, de jeito nenhum", e então, ou porque o desejo a dominou ou porque queria obrigá-lo a se calar, percorreu com os lábios a extensão do pau de Axler enquanto o olhar dele permanecia hipnoticamente fixado no dela, e sua sensação de impotência, e a consciência de que aquele caso era uma loucura sem sentido e de que o histórico de vida de Pegeen era inflexível e Pegeen era inatingível, e de que ele estava provocando uma nova catástrofe que desabaria sobre sua cabeça, tudo isso começou a se esvair. A estranheza daquela combinação teria repelido muitos homens. Só que a estranheza era justamente o que o excitava tanto. Porém o terror também permanecia, o terror de voltar a ficar completamente arrasado. O terror de se tornar a próxima Louise, a ex-amante ressentida, enlouquecida, vingativa.

O pai de Pegeen não melhorou nem um pouco a situação quando foi visitá-la em Nova York um sábado depois da visita de sua mãe. Asa retomou a discussão no ponto em que Carol a havia interrompido, mencionando os perigos daquela ligação, enfatizando menos a idade avançada de seu amante do que o estado psiquiátrico periclitante dele. A estratégia de Axler, porém, permaneceu a mesma: tolerar tudo o que ouvia; não se apressar em contestar os pais de Pegeen enquanto ela não cedesse aos argumentos deles.

"Sua mãe tem razão — o cabelo ficou ótimo", o pai de Pegeen lhe disse, segundo ela relatou depois. "E ela também tem razão quanto às suas roupas", ele prosseguiu. "É mesmo? Você acha que eu fiquei bem?" "Você está maravilhosa", ele respondeu. "Melhor do que antes?" "Diferente. Muito diferente." "Eu agora pareço mais o tipo de filha que você gostaria de ter tido?" "Você está mesmo com uma aparência que nunca teve. Agora, me fale sobre o Simon." "Depois da barra-pesada que ele passou lá no Kennedy Center", ela começou, "ele foi parar numa clínica psiquiátrica. É sobre isso que você quer conversar?", ela indagou. "É, isso mesmo", ele respondeu. "Todo mundo tem problemas sérios, papai." "Todo mundo tem problemas sérios, mas nem todo mundo acaba internado numa clínica psiquiátrica." "E por falar nisso", ela acrescentou, "e a diferença de idade? Você não vai perguntar isso também?" "Deixe eu perguntar uma outra coisa: você está deslumbrada com a fama dele, Pegeen? Você sabe que tem certas pessoas que trazem em volta delas uma espécie de campo de força, um campo elétrico? No caso dele, tem a ver com o fato de ele ser uma estrela. Você está deslumbrada com isso?" Ela riu. "No início, provavelmente estava. A essa altura, posso lhe garantir, ele é só ele mesmo." "Posso lhe perguntar até que ponto vocês estão comprometidos um com o outro?", ele indagou. "Nós não falamos muito nisso." "Então você podia falar sobre isso comigo. Você pretende se casar com ele, Pegeen?" "Acho que ele não está interessado em se casar com ninguém." "E você?" "Por que é que você está me tratando como eu tivesse doze anos?", ela retrucou. "Porque em matéria de homem talvez você realmente esteja mais pros doze do que pros quarenta. Olha aqui, o Simon Axler é um ator fascinante, e deve ser um homem fascinante pras mulheres. Mas ele tem a idade que tem, e você tem a idade que tem. Ele teve a vida que teve, com suas realizações triunfais e suas crises catastróficas, e você teve a vida que teve. E porque essas crises dele me preocupam muitíssimo, eu não posso fazer pouco delas como você faz. Não vou fazer de conta que não vou tentar pressionar você. É justamente isso que eu vou fazer."

E foi o que seu pai fez — ao contrário da mãe, não terminou o dia fazendo compras com a filha, porém passou a telefonar para a casa dela todas as noites, por volta da hora do jantar, para continuar, com a mesma ênfase, a conversação iniciada naquele almoço em Nova York. Era raro pai e filha conversarem por menos de uma hora.

Na cama, na noite depois do encontro com o pai em Nova York, Axler disse a Pegeen: "Quero que você saiba, Pegeen, que estou estarrecido com toda essa história dos seus pais. Não estou entendendo o lugar que eles estão ocupando na nossa vida. Me parece uma coisa excessiva e, pensando bem, um pouco absurda. Por outro lado, sei que em qualquer etapa da vida as pessoas têm, nas relações com os pais, uns mistérios que às vezes são surpreendentes. Já que é assim, quero lhe fazer uma proposta: se você quiser que eu vá até Michigan pra conversar com seu pai, eu pego o avião e vou, ouço tudo o que ele tem a dizer, e quando ele me disser por que é contra a nossa relação, eu não vou nem discutir — vou concordar com ele. Vou dizer que todas as preocupações dele fazem sentido e que eu concordo — que aparentemente a nossa relação é mesmo uma coisa improvável, que sem dúvida envolve riscos. Mas o fato é que eu e a filha dele temos os sentimentos que temos um pelo outro. E o fato de ele e a Carol terem sido meus amigos quando éramos jovens em Nova York não tem absolutamente nenhuma relevância. Essa é a única defesa que eu pretendo fazer, Pegeen, se você quiser que eu vá lá falar com ele. Você decide. Eu vou esta semana mesmo, se você quiser. Vou amanhã mesmo, se é isso que você quer".

"Esse encontro comigo já foi mais do que suficiente", ela respondeu. "Não tem por que levar essa história adiante.

Principalmente depois que você deixou claro que acha que a coisa foi longe demais."

"Não sei se isso é uma boa ideia", ele disse. "É melhor enfrentar o pai furioso..."

"Mas meu pai não está furioso, isso não é da natureza dele, e acho sem sentido provocar uma cena, se não tem nenhuma cena prestes a acontecer."

Ele pensou: ah, mas tem, sim — esses seus pais responsáveis e caretas ainda não se deram por satisfeitos. Porém limitou-se a dizer: "Está bem. Eu só queria fazer a minha proposta. Quem decide é você".

Mas seria essa atitude a correta? Não seria Axler a pessoa que devia neutralizar os pais, enfrentando-os e não simplesmente deixando que as coisas fossem se resolvendo por si? Na verdade, ele devia ter ido com Pegeen a Nova York — devia ter insistido em estar presente e enfrentar Asa. Apesar do que ela lhe dissera para tranquilizá-lo, ele não queria abrir mão da ideia de que Asa era um pai furioso e que seria melhor enfrentá-lo do que fugir dele. *Você está deslumbrada?* É claro que a leitura de Asa não podia ser outra, ele que nunca conseguiu um papel importante no teatro. Isso mesmo, pensou Axler, para Asa foi a minha fama que roubou sua única filha, a fama que ele próprio jamais conseguiu ter.

Foi no meio da semana seguinte que Axler finalmente leu o jornal local da sexta-feira anterior, que trazia na primeira página uma matéria sobre um assassinato ocorrido num subúrbio de classe média alta a cerca de quarenta quilômetros dali. Um homem de quarenta e tantos anos, cirurgião plástico de sucesso, fora assassinado a tiros pela esposa. A esposa se chamava Sybil Van Buren.

Ao que parecia, os dois já estavam morando em casas separadas. A mulher foi de carro até a casa dele, que ficava do outro lado da cidade, e assim que ele abriu a porta ela lhe deu dois tiros no peito, matando-o na hora. Em seguida, largou a arma do crime no degrau em frente à porta, voltou para o carro estacionado e ficou sentada lá dentro até que a polícia chegou e a levou à delegacia para autuá-la. Quando saiu de casa naquela manhã, Sybil já havia combinado com a *baby-sitter* para passar o dia inteiro com seus dois filhos.

Axler telefonou para Pegeen e lhe relatou o que havia acontecido.

"Você imaginava que ela fosse capaz de fazer isso?", perguntou Pegeen.

"Uma pessoa tão impotente? Não. Nunca. Motivação pra isso não faltava — o abuso sexual da filha —, mas homicídio? Ela me perguntou se eu mataria o marido por ela. 'Eu preciso de alguém pra matar esse homem perverso', foi o que ela me disse."

"Que história chocante", disse Pegeen.

"Uma mulher de aparência frágil, com um físico de criança. A pessoa menos ameaçadora que se pode imaginar."

"Ela nunca vai ser condenada", opinou Pegeen.

"Talvez sim, talvez não. Talvez ela alegue loucura temporária e consiga escapar. Mas e depois, o que vai ser dela? O que vai ser da criança? Se a menininha já não está marcada pelo que o padrasto fez com ela, agora está pelo que a mãe fez. Pra não falar no garotinho."

"Quer que eu vá aí hoje? Sua voz está trêmula."

"Não, não", ele insistiu. "Estou bem. É que eu nunca conheci alguém que matou uma pessoa fora do palco."

"Eu vou pra aí mais tarde", disse Pegeen.

E quando Pegeen chegou, depois do jantar ficaram sentados na sala de visita e Axler repetiu para ela detalhadamente tudo que se lembrava do que Sybil Van Buren lhe dissera na clínica. Encontrou a carta dela — a carta que ela enviara aos cuidados do escritório de Jerry — e entregou-a a Pegeen para que a lesse.

"O marido alegava inocência", explicou Axler. "Dizia que a mulher estava vendo coisas."

"Será que estava?"

"Não foi essa a minha impressão. Eu vi o sofrimento dela. Acreditei na história que ela contou."

Durante o dia, ele lera e relera a matéria várias vezes, olhando com insistência a foto de Sybil que saíra no jornal, um retrato de estúdio em que ela parecia muito mais uma chefe de torcida do colegial, uma pessoa que até aquele momento não havia passado por nada na vida, do que uma mulher casada na faixa dos trinta anos ou uma Clitemnestra.

No dia seguinte, Axler recorreu à companhia telefônica e, com a maior facilidade, obteve o número dos Van Buren. Quando ligou para lá, atendeu uma mulher que se identificou como irmã de Sybil. Axler disse quem era e lhe falou sobre a carta de Sybil. Leu a carta pelo telefone. Os dois combinaram que ela entregaria a carta ao advogado de Sybil.

"Você pode falar com ela?", Axler perguntou.

"Só na presença do advogado. Ela começa a chorar de saudade dos filhos. Fora isso, a tranquilidade dela é assustadora."

"Ela fala sobre o assassinato?"

"Ela diz: 'A coisa precisava ser feita'. Parece até que já matou umas cinquenta pessoas. Ela está num estado muito estranho. Dá a impressão de não perceber a gravidade da situação. É como se tivesse deixado pra trás a gravidade da coisa."

"Por ora", ele comentou.

"É o que eu estou pensando. O mundo dela vai desabar mais dia, menos dia. Ela não vai ficar com essa máscara de tranquilidade por muito tempo. É bom que lá na cadeia fiquem atentos pra ela não se matar. Tenho medo do que vai acontecer agora."

"Você tem razão. O que ela fez não bate nem um pouco com a mulher que eu conheci. Por que ela fez isso tanto tempo depois?"

"Porque mesmo depois que o John saiu de casa ele continuou negando tudo e dizendo a ela que aquilo era um delírio, e quando ela ouvia isso ficava uma fera. Na manhã em que resolveu matá-lo, a Sybil me disse que ia de alguma maneira arrancar uma confissão dele. Eu disse: 'Não vá vê-lo. Você vai acabar fazendo uma loucura'. E eu tinha razão. Eu é que queria que ela fosse denunciá-lo à polícia. Eu é que disse que ela precisava mandar prender o marido. Mas a Sybil não quis: ele era uma pessoa importante, a coisa ia acabar nos jornais e na televisão e a Alison ia ser envolvida num pesadelo judicial e seria exposta a coisas ainda mais horríveis. Foi por ela ter dito isso que eu jamais imaginei que, quando falou em arrancar uma confissão dele 'de alguma maneira', ela estivesse pensando em usar a espingarda de caça dele — porque essa história de espingarda também ia acabar nos jornais. Mas quando a Sybil foi à casa do John naquele sábado de manhã, ela nem esperou ele abrir a porta pra ela entrar. Não deixou que ele dissesse uma única palavra. Eles não tiveram uma discussão que foi degringolando até que ela acabou dando um tiro. Bastou olhar para a cara dele — ali mesmo, na porta da casa, ela deu dois tiros e matou o John. A Sybil me disse: 'Ele queria sangue, e foi o que eu fiz'."

"A menina já está sabendo de alguma coisa?"

"Ainda não contaram nada a ela. Não vai ser fácil. Nada dessa história vai ser fácil. Por culpa do falecido dr. Van Buren. O sofrimento que a Alison vai enfrentar é uma coisa que eu nem consigo imaginar."

Axler passou dias repetindo a si próprio: *o sofrimento que a Alison vai enfrentar*. Provavelmente, fora esse mesmo pensamento que levara Sybil a assassinar o marido — e desse modo a aumentar o sofrimento de Alison para o resto da vida.

Uma noite, na cama, Pegeen disse a ele: "Achei uma garota pra você. Ela é da equipe de natação da Prescott. Eu nado com ela às tardes. A Lara. Você gostaria que eu trouxesse a Lara pra você?".

Pegeen estava subindo e descendo sobre ele lentamente, e todas as luzes estavam apagadas, embora o quarto estivesse suavemente iluminado pela lua cheia que atravessava os galhos das árvores altas nos fundos da casa.

"Me fale sobre a Lara", ele pediu.

"Ah, você vai gostar dela."

"Pelo visto, você já gostou."

"Eu fico assistindo quando ela nada. E também no vestiário. Uma garota rica. Privilegiada. Nunca passou necessidade. É perfeita. Loura. Olhos azuis cristalinos. Pernas compridas. Pernas fortes. Peitos perfeitos."

"Perfeitos como?"

"Você fica durão quando eu falo sobre a Lara", ela disse.

"Os peitos", ele insistiu.

"Ela tem dezenove anos. São duros, eretos. Ela raspa a boceta, tem só um pouquinho de pelos louros de cada lado."

"Quem é que anda trepando com ela? Garotos ou garotas?"

"Ainda não sei. Mas alguém anda se divertindo lá embaixo."

Daí em diante, Lara estava sempre com eles quando eles a queriam.

"Você está comendo a Lara", dizia Pegeen. "Isso aqui é a bocetinha perfeita dela."

"Você também está comendo a Lara?"

"Não. Só você. Feche os olhos. Quer que ela faça você gozar? Quer que a Lara faça você gozar? Então está bem, sua putinha loura — faz o Simon gozar!", Pegeen exclamou, e ele não precisava mais ensiná-la a montar no cavalo. "Esporra em cima dela. Agora! Agora! Isso mesmo — esporra na cara dela!"

Uma noite foram jantar numa pousada ali perto. Do salão rústico dava para ver, do outro lado da estrada, um lago grande dourado pelo pôr do sol. Pegeen estava usando suas roupas mais novas; eles haviam feito compras numa ida a Nova York decidida em cima da hora, uma semana antes: uma sainha curta de jérsei preto, bem justa, uma blusa de *cashmere* sem mangas e um cardigã do mesmo material amarrado sobre os ombros, meias de seda preta, uma bolsa de couro macio enfeitada com pequenas tiras de couro, e nos pés sapatos Chanel pretos, de bico fino, expondo o peito do pé. Pegeen parecia macia, curvilínea, sedutora, toda em vermelho acima da cintura e em negro da cintura para baixo, e exibia-se com uma naturalidade tranquila que dava a impressão de que ela se vestira assim a vida toda. Levava a bolsa, seguindo a sugestão da vendedora, com a alça atravessada no peito, como uma bandoleira, e a bolsa sobre o quadril.

Para que sua coluna não travasse e suas pernas não ficassem dormentes, Axler tinha o hábito de levantar-se e caminhar um pouco duas ou três vezes durante as refeições, e assim, depois do prato principal e antes da sobremesa, pôs-se de pé e pela segunda vez deu uma volta no restaurante e entrou no bar. Lá viu uma jovem atraente bebendo sozinha no balcão. Teria vinte e tantos anos, e do jeito como ela falava com o *barman* dava para perceber que estava um pouco alta. Axler sorriu quando ela olhou em sua direção, e para demorar mais tempo ali ele perguntou ao *barman* como estava a partida de beisebol. Em seguida, perguntou à jovem se ela era da região ou se estava hospedada na pousada. Ela explicou que estava começando a trabalhar numa loja de antiguidades ali perto e que havia parado para tomar um drinque depois do expediente. Axler perguntou-lhe se ela entendia de antiguidades, e a moça respondeu que seus pais eram donos de uma loja do mesmo ramo mais ao norte. Disse que havia passado três anos trabalhando numa loja em Greenwich Village e que havia resolvido sair da cidade e tentar a sorte ali no condado de Washington. Ele lhe perguntou quanto tempo fazia que ela estava ali, e ela respondeu que havia chegado apenas no mês anterior. Axler lhe perguntou o que ela estava bebendo, e quando a moça respondeu ele disse: "A próxima eu ofereço", fazendo sinal ao *barman* de que era para colocar a bebida na sua conta.

Quando chegou a sobremesa, ele disse a Pegeen: "Tem uma moça tomando um porre no bar".

"Como é que ela é?"

"Tem cara de quem sabe se cuidar."

"Você topa?"

"Se você topar", ele respondeu.

"Quantos anos?", ela perguntou.

"Eu diria uns vinte e oito. Você assume o comando. Você e o pirocão verde."

"Quem assume é você", ela retrucou. "Você e o pirocão de verdade."

"Então nós dois assumimos juntos", ele decidiu.

"Quero ver a garota", Pegeen pediu.

Axler pagou a conta, os dois saíram do restaurante e ficaram parados à porta do bar. Ele colocou-se atrás de Pegeen e abraçou-a. Sentia que ela tremia de excitação ao ver a garota bebendo no bar. Aquele tremor o empolgava. Era como se os dois houvessem se fundido num único ser atiçado por uma tentação enlouquecedora.

"Gostou?", ele cochichou.

"Tem cara de ser bem depravada, se tiver a menor oportunidade. Tem cara de estar pronta pra uma vida de crime."

"Você quer levar essa moça pra casa."

"Não é a Lara, mas quebra o galho."

"E se ela vomitar no carro?"

"Você acha que ela está quase?"

"Já está bebendo há um bom tempo. Quando ela apagar lá em casa, como é que a gente se livra dela?"

"A gente mata", respondeu Pegeen.

Ainda abraçado a Pegeen à sua frente, Axler dirigiu-se à jovem no balcão: "Quer uma carona, jovem?".

"Tracy."

"Quer uma carona, Tracy?"

"Eu estou de carro", Tracy respondeu.

"Você está em condições de dirigir? Eu posso deixar você em casa." Pegeen continuava tremendo em seus braços. Ela é uma gata, pensou ele, a gata antes de saltar sobre a presa, o falcão antes de ser solto pelo falcoeiro. O animal que você pode controlar — até o momento em que você o solta. Ele pensou: estou dando Tracy a ela tal como lhe dou roupas. Com Lara, eles se sentiam à vontade porque Lara não estava presente, e assim não havia consequências. Agora, ele sabia, seria diferente. Deu-se conta de que estava entregando todo o poder a Pegeen.

"Posso pedir ao meu marido pra vir me pegar", disse Tracy.

Axler havia reparado que ela não usava aliança. "Não, a gente leva você. Aonde você quer ir?"

Tracy deu o nome de uma cidadezinha a uns trinta quilômetros a leste dali.

O *barman*, que sabia que a casa de Axler ficava na direção oposta, continuou a fazer o que estava fazendo, como se fosse surdo-mudo. Graças aos filmes em que ele trabalhara, praticamente todo mundo naquela cidadezinha rural de novecentos habitantes sabia quem Axler era, ainda que poucos fizessem ideia de que sua reputação se baseava no que ele havia realizado no teatro. A moça bêbada pagou sua conta, desceu do banco e pegou a jaqueta para sair. Era mais alta do que Axler havia imaginado, e grande também — não era nenhuma menininha desamparada —, uma louraça de carnes opulentas, com uma espécie de beleza nórdica dessas que já vêm prontas. Sob todos os aspectos, uma versão mais grosseira, mais vulgar da imponente Louise.

Axler colocou Tracy no banco de trás junto com Pegeen e foi seguindo pelas estradas rurais escuras, totalmente vazias, até chegar em casa. Era como se eles a estivessem raptando. A rapidez com que Pegeen entrou em ação não o surpreendeu. Ela não estava paralisada pela inibição ou pelo medo, como no dia do cabeleireiro, e Axler ficou excitado só de ouvir os sons que vinham do banco de trás. Chegando em casa, no quarto, Pegeen derramou sobre a cama seu saco plástico de implementos, entre eles o açoite de brinquedo, com várias correias finas, muito macias, de couro preto liso.

Axler perguntava a si próprio o que estaria passando pela cabeça de Tracy. Ela entra num carro com duas pessoas que nunca viu na vida, que a levam para uma casa numa estrada de terra longe de tudo, e então salta do carro e se vê no meio de um verdadeiro circo. Está bêbada, sim, e além disso é jovem. Até que ponto ela pode ser indiferente ao perigo? Ou será que eu e Pegeen inspiramos confiança? Ou será que ela está mesmo procurando perigo? Ou está tão bêbada que nem pensa nisso? Axler se perguntava se alguma vez na vida Tracy já fizera algo semelhante. E continuava não entendendo por que ela estava fazendo aquilo naquele momento. Não tinha sentido a tal Tracy cair daquele jeito no colo deles para realizar todas as fantasias que eles haviam imaginado com Lara. Mas, afinal, o que fazia sentido? Ele não conseguir mais subir num palco e representar? Ter se internado numa clínica psiquiátrica? Estar tendo um caso com uma lésbica que ele vira pela primeira vez sendo amamentada pela mãe?

Quando um homem se vê com duas mulheres ao mesmo tempo, não é raro que uma delas, sentindo-se desprezada com ou sem razão, termine chorando num canto do quarto. Do jeito que a coisa estava indo, ao que parecia quem terminaria chorando no canto era ele. No entanto, ao contemplar as duas do outro lado da cama, não se sentia desprezado. Havia permitido que Pegeen assumisse o comando e só participaria quando fosse chamado. Ficaria assistindo sem interferir. Primeiro, Pegeen colocou seus arreios, ajustou e fixou as correias de couro e instalou o consolo em riste. Em seguida, curvou-se sobre Tracy, roçando a boca nos lábios e mamilos de Tracy e acariciando-lhe os seios, e depois escorregou um pouco para baixo e delicadamente penetrou-a com o consolo. Pegeen não precisou forçar. Não precisou dizer uma só palavra — Axler tinha a impressão de que se uma delas começasse a falar, seria num idioma que ele não reconheceria. O pênis verde entrava e saía do corpo nu que se refestelava na cama, abundante, primeiro devagar, depois mais depressa e com mais força, depois com mais força ainda, e todas as curvas e reentrâncias do corpo de Tracy se moviam no mesmo ritmo que ele. Aquilo não era erotismo suave. Não eram mais duas mulheres nuas se acariciando e se beijando numa cama. Agora havia naquilo algo de primitivo, a violência de uma mulher sobre a outra, como se, no quarto cheio de sombras, Pegeen fosse uma combinação mágica de xamã, acrobata e animal. Era como se ela usasse uma máscara sobre a genitália, uma estranha máscara totêmica, que a transformava no que ela não era e não devia ser. Ela podia perfeitamente ser um corvo e um coiote, e ao mesmo tempo ser Pegeen Mike. Havia algo de perigoso naquilo. O coração de Axler pulava de excitação — o deus Pã contemplando a cena ao longe, com um olhar lascivo de *voyeur*.

Foi em inglês que Pegeen falou quando olhou para ele do outro lado da cama, agora deitada ao lado de Tracy, passando as tiras do açoite por entre os longos cabelos de Tracy, e, com aquele sorriso maroto que exibia os incisivos, sussurrou: "Sua vez. Pode violar a garota". Segurou Tracy pelo ombro, sussurrou: "Hora de mudar de senhor" e delicadamente empurrou o corpo generoso da desconhecida em direção a ele. "Três crianças se juntaram", ele disse, "e resolveram fazer uma peça", e entrou em ação.

Por volta de meia-noite, levaram Tracy para o estacionamento ao lado da pousada onde ela havia deixado seu carro.

"Vocês sempre fazem isso?", Tracy perguntou do banco de trás, onde estava reclinada nos braços de Pegeen.

"Não", disse Pegeen. "E você?"

"Primeira vez na minha vida."

"E aí, o que foi que você achou?", quis saber Pegeen.

"Não consigo pensar. Minha cabeça está cheia demais. Parece que eu viajei. Como se tivesse tomado uma droga."

"Como é que você criou coragem?", perguntou Pegeen. "Foi a bebida?"

"As suas roupas. A aparência de vocês. Eu pensei: não tenho nenhum motivo para ter medo. Me diga uma coisa, ele é aquele ator?", Tracy perguntou a Pegeen, como se Axler não estivesse no carro.

"Ele mesmo", respondeu Pegeen.

"Foi o que o *barman* falou. Você é atriz?", Tracy perguntou.

"De vez em quando", a outra respondeu.

"Foi uma loucura", disse Tracy.

"Foi", respondeu Pegeen, a manipuladora do açoite e do

consolo, que não era nenhuma amadora e que de fato havia levado a coisa às últimas consequências.

Tracy beijou Pegeen apaixonadamente quando se despediram. Pegeen retribuiu o beijo do mesmo modo passional, acariciando-lhe o cabelo e apertando-lhe os seios, e no estacionamento ao lado da pousada onde haviam se conhecido, as duas por um momento ficaram agarradas. Então Tracy entrou em seu carro e, antes de ir embora, Axler ouviu Pegeen dizer a ela: "Até breve".

Enquanto voltavam para casa, Pegeen ficou com a mão enfiada dentro da calça dele. "O cheiro", disse ela, "ficou em nós", enquanto Axler pensava: calculei mal — não pensei direito. Ele não era mais o deus Pã. De jeito nenhum.

Enquanto Pegeen tomava um banho, Axler ficou sentado na cozinha bebendo uma xícara de chá, como se nada houvesse acontecido, como se tivessem passado mais uma noite normal em casa. O chá, a xícara, o pires, o açúcar, o creme de leite — tudo atendia a uma necessidade de normalidade.

"Quero ter um filho." Imaginava Pegeen pronunciando essas palavras. Imaginava-a dizendo isso a ele quando entrasse na cozinha depois do banho: "Quero ter um filho". Estava imaginando a coisa mais improvável de acontecer, e era justamente por isso que a imaginava; estava decidido a fazer com que sua imprudência voltasse a se enquadrar no cotidiano doméstico.

"Com quem?", imaginou-se perguntando a ela.

"Com você. Você é a minha escolha pro resto da vida."

"Como a sua família já alertou você, estou chegando aos setenta. Quando a criança estiver com dez anos, vou estar com setenta e cinco, setenta e seis. Até lá, posso não ser mais a sua escolha. Com esse problema de coluna, já vou estar numa cadeira de rodas, se ainda não tiver morrido."

"Esqueça a minha família", imaginou-a dizendo. "Quero que você seja o pai do meu filho."

"Você vai esconder isso do Asa e da Carol?"

"Não. Essa história vai acabar. Você tinha razão. A Louise me fez um favor com aquele telefonema dela. Chega de segredos. Eles vão ter que aceitar as coisas como elas são."

"E de onde veio esse desejo de ter um filho?"

"Veio do que eu me transformei pra você."

Imaginou-se dizendo: "Quem podia imaginar que esta noite ia acabar assim?".

"Pelo contrário", imaginou Pegeen respondendo. "É uma consequência natural. Se nós vamos continuar juntos, eu quero três coisas. Quero que você opere a coluna. Quero que você retome a sua carreira. Quero que você me engravide."

"Você quer muita coisa."

"Quem foi que me ensinou a querer muita coisa?", ele a imaginou dizendo. "Essa é a minha proposta pra uma vida de verdade. O que mais eu posso oferecer?"

"Operação de coluna é uma coisa complicada. Os médicos que eu consultei acham que no meu caso não vai adiantar."

"Você não pode continuar travado com essa dor. Não pode continuar mancando desse jeito o resto da vida."

"E a minha carreira é uma coisa mais complicada ainda."

"Não", ele a imaginou dizendo, "é só uma questão de seguir um plano pra dar fim à incerteza. Um plano ousado, a longo prazo."

"Só isso", imaginou-se respondendo.

"É. Chegou a hora de você ser ousado."

"Pois eu acho que é hora de ser cuidadoso."

Mas porque na companhia de Pegeen ele havia começado a rejuvenescer, porque tinha feito tudo o que era possível para se convencer de que ela, que começara lhe oferecendo um copo d'água — para a partir daí realizar o feito máximo, a mudança de opção sexual —, era realmente capaz de contentar-se com ele, Axler nutria os pensamentos mais esperançosos possíveis. Naquele devaneio de uma vida redimida, ali na cozinha, imaginou-se consultando um ortopedista que lhe pedia uma ressonância magnética, depois um mielograma e por fim encaminhava-o a um cirurgião. Nesse ínterim, entraria em contato com

Jerry Oppenheim para lhe dizer que se alguém lhe oferecesse um papel, ele estava interessado em voltar a trabalhar. Então, ainda à mesa da cozinha e excitando-se com a elaboração desses pensamentos enquanto Pegeen terminava seu banho no andar de cima, imaginou Pegeen dando à luz uma criança saudável no mesmo mês em que ele estreava, no Guthrie Theater, no papel de James Tyrone. Pegaria o cartão de visitas de Vincent Daniels lá onde ele o havia largado, como marcador em seu exemplar de *Longa viagem noite adentro*. Consultaria Vincent Daniels, levando o roteiro da peça, eles trabalhariam juntos diariamente até encontrarem uma maneira de fazer com que ele recuperasse a autoconfiança, e assim, quando Axler subisse ao palco no Guthrie na noite de estreia, a magia perdida retornaria, e enquanto as palavras saíssem de sua boca com naturalidade, sem o menor esforço, ele teria consciência de que estava tendo um de seus melhores desempenhos e que talvez aquele longo período de bloqueio, por mais doloroso que tivesse sido, não fora a pior coisa que lhe poderia ter acontecido. Agora a plateia voltara a acreditar nele a cada momento. Onde antes, diante do que havia de mais assustador na arte do ator — a fala, dizer algo, dizer algo espontaneamente, com liberdade e facilidade — ele se sentia nu, sem a proteção de qualquer abordagem, agora tudo mais uma vez brotava de seu instinto, e não era necessária nenhuma outra abordagem diferente. O período de azar havia passado. Aquele tormento autoimposto terminara. Ele havia recuperado a confiança, o sofrimento fora extinto, o pavor abominável se dissipara, e tudo que ele havia perdido fora agora devidamente recuperado. A reconstrução de uma vida tinha de começar em algum lugar, e em seu caso começara quando ele se apaixonou por Pegeen Stapleford, que, por incrível que parecesse, era a mulher exata para realizar tal feito.

Parecia-lhe agora que aquele roteiro elaborado na cozinha não era mais apenas a frágil fantasia que fora no início, que agora ele imaginava uma nova possibilidade, recuperando uma exuberância pela qual estava decidido a lutar, para implementá-la e desfrutá-la. Axler sentia a determinação que havia sentido quando veio fazer seu teste em Nova York com vinte e dois anos de idade.

Na manhã seguinte, assim que Pegeen voltou de carro a Vermont, Axler telefonou a um hospital de Nova York e pediu para consultar um médico a respeito do risco genético de ter um filho aos sessenta e cinco anos. Indicaram-lhe uma especialista e marcaram uma hora para ele na semana seguinte. Axler não falou sobre nada disso com Pegeen.

O hospital ficava bem ao norte de Manhattan, e depois de estacionar o carro numa garagem, ele dirigiu-se ao consultório da médica com uma empolgação cada vez maior. Entregaram-lhe os formulários de praxe para preencher, e em seguida ele foi recebido por um filipino de cerca de trinta e cinco anos que se apresentou como assistente da dra. Wan. Havia uma sala com janela que dava para a área de espera, e o assistente levou-o até lá para que pudessem ficar a sós. Parecia uma sala feita para ser utilizada por crianças, com mesas baixas e cadeirinhas espalhadas, e desenhos feitos por crianças pregados numa parede. Os dois sentaram-se em torno de uma das mesas e o assistente começou a fazer perguntas a respeito de Axler, de sua família, das doenças sofridas por seus familiares, das doenças que os haviam levado à morte. O assistente anotou as respostas numa folha impressa que continha o esqueleto de uma árvore genealógica. Axler lhe contou tudo o que sabia sobre sua família e seus antepassados. Em seguida, o assistente pegou uma segunda folha e fez perguntas a respeito da família da mulher que pretendia ter um filho. Axler só pôde lhe dizer que os pais de Pegeen estavam ambos vivos; não sabia nada sobre o histórico clínico deles nem sobre os tios, avós e bisavós dela. O assistente perguntou qual era o país de origem da família dela, tal como havia perguntado a respeito da família dele, e, tendo anotado as informações, disse a Axler que passaria todos aqueles dados para a dra. Wan e que, depois que ele se reunisse com a médica, ela viria conversar com Axler.

Sozinho na sala, Axler entrou numa espécie de êxtase ao sentir que retornavam sua força e sua naturalidade, e que tinham fim sua humilhação e seu desaparecimento do mundo. Aquilo não era mais um devaneio; o renascimento de Simon Axler estava mesmo acontecendo. E estava acontecendo naquela sala cheia de móveis para crianças, por incrível que fosse. A escala daqueles móveis o fez pensar nas sessões de arteterapia em Hammerton, onde ele e Sybil Van Buren haviam recebido creions e papel para fazer desenhos que seriam mostrados à terapeuta. Lembrou-se de que havia obedecido, colorindo seu desenho tal como fazia no tempo do jardim de infância. Lembrou-se das consequências constrangedoras daquela internação em Hammerton; todos os vestígios de sua autoconfiança haviam desaparecido; a única coisa a que podia recorrer para se esquivar da sensação generalizada de derrota e terror era escutar as conversas entre os pacientes na sala de recreação após o jantar, as histórias dos pacientes que ainda se orgulhavam de suas tentativas de suicídio. Agora, porém, Axler, um homenzarrão mal acomodado em meio àquelas mesinhas e cadeirinhas, voltara a ser o ator, cônscio de suas realizações passadas e certo de que a vida poderia recomeçar.

A dra. Wan era uma mulher jovem, pequena e esguia, que lhe disse que certamente precisaria dos dados referentes a Pegeen, mas que poderia pelo menos começar a conversar sobre os temores de Axler quanto aos defeitos de nascença em filhos de pais idosos. Ela explicou-lhe que, embora a idade ideal para os homens ter filhos fosse a faixa dos vinte, que embora o risco de transmitir aos filhos vulnerabilidades genéticas ou problemas de desenvolvimento, como o autismo, aumentasse muito após os quarenta anos, e que embora os homens mais velhos produzissem mais espermatozoides com DNA danificado do que os homens mais jovens, a possibilidade de ter um filho normal sem defeitos de nascença não era necessariamente tão pequena para um homem da idade dele e em suas condições de saúde, principalmente porque alguns defeitos, ainda que não todos, podiam ser detectados durante a gravidez. "As células que produzem os espermatozoides nos testículos se dividem a cada dezesseis dias", explicou a dra. Wen, sentada à sua frente numa das mesinhas. "Isso quer dizer que as células de uma pessoa de cinquenta anos já se dividiram cerca de oitocentas vezes. E com cada divisão celular aumenta a possibilidade de surgirem erros no DNA dos espermatozoides." Depois que Pegeen lhe fornecesse seus dados, ela poderia avaliar de modo mais completo a situação do casal e continuaria a trabalhar com eles se os dois resolvessem ir em frente. A doutora entregou-lhe seu cartão juntamente com um folheto que detalhava a natureza e o risco dos defeitos de nascimento. Ela explicou também que sua fertilidade talvez tivesse diminuído com a idade, e assim, atendendo a um pedido dele, deu-lhe o nome de um laboratório onde Axler poderia fazer um espermograma. Desse modo, seria possível determinar se era provável que houvesse dificuldade de engravidar. A médica explicou: "Pode haver problemas com relação à contagem, motilidade ou morfologia dos espermatozoides". "Entendo", ele respondeu, e para manifestar uma gratidão incontrolável, estendeu o braço para apertar-lhe a mão. A médica sorriu como se ela fosse a mais velha dos dois, e disse: "Se tiver alguma dúvida, pode me telefonar".

Ao chegar em casa, sentiu um impulso fortíssimo de telefonar para Pegeen e lhe falar sobre a grande ideia que se apossara dele e o que ele fizera a respeito. Mas seria obrigado a esperar até eles voltarem a se encontrar no fim de semana, quando teriam horas e horas para conversar. Naquela noite, sozinho na cama, leu o folheto que a dra. Wan lhe dera. "Para um bebê sadio, é necessário que haja espermatozoides sadios. [...] Cerca de dois a três por cento dos bebês nascem com um sério defeito de nascença. [...] Mais de vinte defeitos genéticos raros, porém devastadores, estão associados à idade avançada do pai. [...] Quanto mais velho o homem a conceber um filho, mais provável é a ocorrência de um aborto espontâneo. [...] Os pais de idade avançada têm mais tendência a gerar filhos com autismo, esquizofrenia e síndrome de Down." Axler leu e releu todo o folheto e, embora aquelas informações fossem preocupantes, por mais que ele tivesse consciência dos riscos, nem por isso mudou de planos. Pelo contrário, excitado demais para dormir, sentindo que algo maravilhoso estava acontecendo, quando deu por si havia descido até a sala, onde ficou ainda mais entusiasmado a ouvir música, e juntamente com uma sensação de destemor que havia anos não sentia experimentou aquele profundo anseio biológico por um filho que é mais comum associar às mulheres do que aos homens. Agora mais nada a respeito de sua união com Pegeen lhe parecia improvável. Ela precisava ir com ele consultar a dra. Wan. Quando todos os dados estivessem computados, os dois decidiriam, depois de pensar bem, qual o próximo passo.

Ele havia planejado dar início àquela conversa após o jantar de sexta-feira. Mas quando Pegeen chegou no final da tarde de sexta, foi direto para o seu escritório com uma pilha de provas para corrigir, encarregando-o de preparar o jantar. E depois do jantar ela mais uma vez fechou-se no escritório para corrigir provas. Ele pensou: melhor deixar que ela faça tudo logo de uma vez. Depois teremos todo o fim de semana para conversar.

Na cama, no escuro — exatamente duas semanas após o dia do encontro com Tracy —, quando ele começou a beijar e a acariciar Pegeen, ela se afastou e disse: "Hoje não estou inspirada". "Está bem", ele respondeu, e sem conseguir excitá-la virou-se para o outro lado, mas sem largar a mão dela, que continuou a segurar — aquela mão que ainda queria tocar em tudo — até ela adormecer. Quando acordou no meio da noite, Axler pensou: o que queria dizer isso de ela não estar inspirada? Por que ela se esquivava tanto dele desde o momento em que chegara?

A resposta veio assim que ele acordou na manhã seguinte, antes mesmo que tivesse oportunidade de falar com Pegeen sobre sua consulta com a dra. Wan e tudo que estava por trás dela, e tudo que potencialmente estava por vir para eles; Axler constatou que ao buscar informações com a médica seu intuito tinha sido mergulhar ainda mais num mundo de irrealidade do que evitar um passo imprudente.

"Terminou", ela disse a Axler durante o café da manhã. Estavam sentados nas mesmas cadeiras em que haviam se instalado quando ela lhe disse, meses antes, que eles já haviam assumido o risco.

"Terminou o quê?", ele perguntou.

"Nós dois."

"Mas *por quê*?"

"Não é o que eu quero. Eu cometi um erro."

Assim teve início o fim, de modo totalmente abrupto, e acabou cerca de trinta minutos depois, com Pegeen parada à porta da casa segurando sua mochila e Axler chorando. Era exatamente a antítese de suas expectativas naquela noite na cozinha, duas semanas antes. A exata antítese de suas expectativas quando ele foi consultar a dra. Wan. Tudo o que ele queria, ela agora o impedia de ter!

E agora Pegeen também estava chorando; a coisa não era tão fácil quanto lhe parecera naquele primeiro momento, durante o café da manhã. Mesmo assim, estava inflexível, e por mais que Axler chorasse ela continuava muda. A imagem que Pegeen compunha parada à porta, mais uma vez usando sua jaqueta vermelha masculina, segurando a mochila, exprimia tudo: essa forma de sofrimento ela era capaz de suportar. Não ia sentar-se com ele e, tomando café, ter uma conversa sincera que a levaria a voltar atrás. Ela só queria se livrar dele para satisfazer o desejo humano, tão comum, de tocar para a frente e tentar uma coisa nova.

"Você não pode anular tudo!", ele gritou, irritado, e ao ouvir essas palavras Pegeen, a mais forte dos dois, abriu a porta.

Por fim ela falou, soluçando: "Eu tentei ser perfeita pra você".

"Que diabo isso quer dizer? E quem foi que falou em perfeição? 'Não se afaste de mim. Eu estou adorando isso e não quero que acabe.' Eu fui um idiota de acreditar no que você disse. Fui um idiota de achar que você estava fazendo o que queria fazer."

"Era mesmo o que eu queria fazer. Eu queria muito ver se conseguia."

"Quer dizer que foi um experimento, até o final. Mais uma aventura para Pegeen Mike — que nem levar pra cama a arremessadora de um time de softbol."

"Não posso continuar a substituir o seu trabalho de ator."

"Ah, não me venha com essa! Isso é revoltante!"

"Mas é verdade! Eu sou o que você tem no lugar do seu trabalho! Estou aqui pra compensar isso!"

"Isso é a maior idiotice que eu já ouvi. E você sabe que é. Vá embora, Pegeen! Se é isso que você quer, vá embora! 'Nós assumimos o risco.' *Eu* é que assumi o risco! Você só fez dizer o que você achava que eu queria ouvir, pra você ter o que você queria durante o tempo que você quisesse."

"Não foi nada disso!", ela exclamou.

"É a Tracy, não é?"

"O quê?"

"Você está me largando por causa da Tracy!"

"Não estou não, Simon! Não!"

"Você não está me largando porque eu estou desempregado! Você está me largando por causa daquela garota! Você vai procurar aquela garota!"

"Aonde eu vou é problema meu. Ah, me *deixa* ir embora!"

"E quem é que está te segurando? Eu é que não estou! Nunca!" Ele apontou para a mochila em que ela enfiara todas as roupas novas que antes estavam penduradas nos armários de Axler e dobradas nas gavetas de sua cômoda. "Está levando seus brinquedinhos sexuais?", ele perguntou. "Não esqueceu os arreios?"

Ela não respondeu, mas a emoção que se estampava nela era ódio, ou pelo menos foi assim que ele interpretou a expressão de seu olhar.

"Isso mesmo", ele insistiu, "pegue as ferramentas do seu ofício e vá embora. Agora os seus pais vão poder dormir tranquilos à noite — você não está mais vivendo com um velho. Agora não existe mais ninguém entre você e seu pai. Você se livrou do seu obstáculo. Sua família não vai mais repreender você. Agora você voltou à sua condição original e está tudo bem. Ótimo. Pode partir pra próxima. Eu nunca tive forças para segurar você, mesmo."

O caminho de um homem é cheio de armadilhas, e Pegeen fora a última. Ele pisara naquela armadilha com avidez e mordera a isca, como o mais vil dos cativos deste mundo. Não havia outra maneira como aquilo poderia terminar, e no entanto ele fora o último a saber. Improvável? Não, previsível. Abandonado depois de tanto tempo? Claramente, para ela não fora tanto tempo quanto para ele. Tudo que havia de encantador nela desaparecera, e no tempo que ela levou para dizer "Terminou" ele foi condenado a permanecer em sua toca com os seis gravetos, sozinho, sem mais vontade de viver.

Pegeen foi embora no carro dela, e o processo de desabamento durou menos de cinco minutos, um desabamento que ele mesmo havia provocado, e do qual agora era impossível recuperar-se.

Axler subiu até o sótão e ficou sentado lá o resto do dia, e noite adentro, preparando-se para puxar o gatilho da espingarda e, de quando em quando, pronto a descer a escada correndo e ligar para Jerry Oppenheim e acordá-lo em casa, ou a telefonar para Hammerton e falar com seu médico, ou a discar o número de emergência.

E, em mais de dez momentos diferentes durante o dia, pronto a ligar para Lansing e dizer a Asa que ele era um filho da puta traiçoeiro por ter feito Pegeen se voltar contra ele. Fora isso que acontecera, ele não tinha dúvida. Pegeen tinha razão quando quis ocultar aquele relacionamento dos pais. "Porque eles conhecem você há muito tempo", ela lhe explicou quando Axler lhe perguntou por que ela preferia manter segredo. "Porque vocês têm a mesma idade." Se ele tivesse ido a Michigan logo na primeira vez em que propôs a Pegeen ir lá para conversar com Asa, talvez tivesse uma chance de vencer a parada. Mas telefonar para Asa agora não adiantaria nada. Pegeen já havia ido embora. Para ficar com Tracy. Para ficar com Lara. Para ficar com a arremessadora de rabo de cavalo. Onde quer que ela estivesse, Axler não precisava mais se preocupar com o risco genético de ter um filho naquela idade, quando suas células produtoras de espermatozoides já haviam se dividido bem mais do que oitocentas vezes.

Na hora do jantar, não conseguiu se conter e, levando a arma consigo, desceu do sótão e pegou o telefone.

Carol atendeu.

"É o Simon Axler."

"Ah, sim. Alô, Simon."

"Quero falar com o Asa." Sua voz tremia, seu coração batia mais depressa. Foi obrigado a sentar-se numa cadeira na cozinha para continuar. Era muito parecido com a sensação que tivera em Washington, na última vez que subiu ao palco. E no entanto nada daquilo talvez estivesse acontecendo se Louise Renner não tivesse ligado naquela noite, por vingança, para dizer ao casal que Pegeen vivia com ele.

"Você está bem?", Carol perguntou.

"Não muito. A Pegeen me abandonou. Me deixe falar com o Asa."

"O Asa ainda não voltou do teatro. Você pode telefonar pra sala dele lá."

"Chame o Asa, Carol!"

"Eu já disse, ele ainda não chegou em casa."

"Uma notícia maravilhosa, não é? Um grande alívio, não é? Vocês não precisam mais ficar preocupados porque a filha de vocês vai ter que cuidar de um velho doente. Não precisam mais se preocupar com a possibilidade dela ter que cuidar de um louco e ser enfermeira de um doente. Mas eu não estou dizendo nenhuma novidade — não estou dizendo a vocês nada que não tenha sido o resultado do que vocês mesmos fizeram."

"Você está me dizendo que a Pegeen abandonou você?"

"Me deixe falar com o Asa."

Houve uma pausa e então, ao contrário de Axler, falando com toda a serenidade, ela disse: "Tente ligar pra ele lá no teatro. Eu lhe dou o número e você liga pra lá".

Axler não sabia agora, tal como não sabia quando resolveu dar o telefonema, se estava fazendo a coisa certa, a coisa errada, a coisa fraca ou a coisa forte. Largou a arma na mesa da cozinha e anotou o número que Carol lhe passou, desligando o telefone sem dizer mais nada. Se lhe dessem esse papel numa peça, de que modo o faria? Como daria aquele telefonema? Com voz trêmula ou voz firme? Com humor ou com ódio, resignação ou raiva? Não sabia como representar o papel do velho abandonado pela amante vinte e cinco anos mais jovem que ele, tal como não havia conseguido descobrir uma maneira de representar o papel de Macbeth. Não deveria simplesmente ter dado um tiro na cabeça enquanto Carol estava do outro lado da linha? Não teria sido *essa* a melhor maneira de representar o papel?

Ele podia parar, é claro. Podia parar com aquela loucura naquele ponto. Não ia conseguir recuperar Pegeen ligando para o número de Asa, e no entanto foi isso que ele fez. Não estava tentando recuperar Pegeen. Não havia como conseguir tal coisa. Não, simplesmente se recusava a ser passado para trás por um ator de segunda que, ao lado da atriz de segunda com quem estava casado, comandava um teatro regional num fim de mundo. Os Stapleford não conseguiram fazer carreira no teatro em Nova York, não conseguiram fazer carreira no cinema na Califórnia, e por isso estão fazendo arte de verdade, ele pensou, longe da corrupção do mundo comercial. Não, ele se recusava a ser derrotado por aquelas duas mediocridades. Recusava-se a ser um garoto dominado pelos pais de Pegeen!

O telefone tocou apenas uma vez e Asa atendeu.

"O que você ganhou exatamente", começou Axler, explodindo, gritando, cheio de ressentimento, "fazendo ela se voltar contra mim? Você não suportava a ideia dela ser lésbica. Foi isso que ela me disse — que nem você nem a Carol suportavam. Ficaram horrorizados quando ela contou pra vocês. Pois bem, comigo ela se abriu pra uma nova forma de vida — e era feliz! Vocês nunca nos viram juntos, eu e ela. Eu e Pegeen éramos *felizes*! Mas em vez de sentir gratidão pelo que eu fiz, vocês convenceram a filha de vocês a pegar as coisas dela e ir embora! Vocês achavam melhor até ela voltar a ser lésbica do que ficar comigo! Por quê? Por quê? Explique isso pra mim, por favor."

"Antes de mais nada, Simon, você precisa se acalmar. Não vou ficar ouvindo essa gritaria."

"Você tem alguma antipatia antiga por mim, uma coisa que vem lá de trás? Será inveja, Asa, ou vingança talvez, ou ciúme? Que mal eu fiz a ela? Estou com sessenta e seis anos, estou sem trabalhar, estou com um problema na coluna — o que há de tão horrível nisso? Que ameaça isso representa pra sua filha? Isso me impediu de dar a ela tudo que ela queria? Eu dei a Pegeen tudo que eu podia dar! Eu tentei satisfazê-la de todas as maneiras imagináveis!"

"Não tenho a menor dúvida. Ela mesma disse isso a mim e à Carol. Ninguém pode acusar você de não ter sido generoso, e ninguém fez isso."

"Você sabe que ela me abandonou."

"Estou sabendo agora."

"Não sabia antes?"

"Não."

"Não acredito em você, Asa."

"A Pegeen só faz o que ela quer. Ela foi assim a vida toda."

"A Pegeen fez o que você queria que ela fizesse!"

"Como pai tenho todo o direito de me preocupar com a minha filha e de dar conselhos a ela. Eu seria um relapso se não fizesse isso."

"Mas como é que você podia 'dar conselhos' a ela se você não sabia nada do que se passava entre nós dois? Tudo que você tinha na cabeça era uma imagem de mim, com toda a minha fama, todo o meu sucesso, roubando uma coisa que pertencia a você! Era uma injustiça, não era, Asa, eu ficar com a Pegeen também!"

Não teria sido melhor dizer aquela fala com humor em vez de em tom de raiva? Não deveria ter sido discretamente sarcástico, como se aquilo fosse apenas um exagero deliberado, para espicaçar seu ouvinte, e não a explosão de um homem descontrolado? Ah, tanto faz como tanto fez, Axler disse a si próprio. Provavelmente isto está virando uma cena de humor, mesmo sem você saber.

Ele odiava suas lágrimas, mas imediatamente começou a chorar outra vez, chorar de vergonha, o sentimento de perda e de raiva, tudo misturado, e assim deu fim àquela ligação telefônica que não devia ter feito. Porque era ele, em última análise, o responsável pelo que havia acontecido. Sim, ele tentara satisfazê-la de todas as maneiras imagináveis, e assim, idiota que era, havia introduzido Tracy na vida deles e destruído tudo. Mas como poderia ter previsto isso? Tracy fazia parte de um jogo, um jogo sexual fascinante do tipo que muitos casais realizam para se divertir, para animar suas vidas. Como ele poderia prever que levar para casa a moça do bar terminaria fazendo com que ele perdesse Pegeen em caráter definitivo? Alguém mais inteligente teria pensado duas vezes? Ou seria a continuação da onda de azar que começara quando ele tentou interpretar Próspero e Macbeth? Seria tudo resultado de sua burrice, ou ele estaria apenas se enfiando cada vez mais no buraco da derrocada final?

E quem era a tal da Tracy? A nova vendedora de uma loja de antiguidades numa cidadezinha rural. Uma bêbada solitária num bar de interior. Quem era ela comparada com ele? Isso era impossível! Como ele podia ser trocado por Tracy? Como podia ser derrotado por Asa? Teria Pegeen se livrado dele para ficar com Tracy porque isso era um modo furtivo de a filhinha voltar para os braços do papai? Mas e se ela não o tivesse deixado por causa de Tracy? Nem por causa das objeções de seus pais? Nesse caso, o que o havia tornado repugnante para ela? Por que de repente ele se tornara tabu?

Com a arma na mão, entrou no escritório de Pegeen e ficou olhando para aquele cômodo, onde o papel de parede escolhido por Victoria fora retirado por Pegeen, que em seguida pintara as paredes de um tom de pêssego, aquele cômodo de que ela havia se apossado assim que ele, sem nenhuma reserva, convidou-a a se apossar dele. Conteve o impulso de dar um tiro no encosto da cadeira que ela usava e, em vez disso, sentou-se nela. Viu pela primeira vez que todos os livros que Pegeen havia trazido de sua casa tinham sido retirados da estante ao lado da mesa. Quando ela esvaziara aquelas prateleiras? Há quanto tempo havia tomado a decisão de abandoná-lo? Teria a intenção existido desde o início, mesmo no momento em que ela arrancava o papel de parede?

Em seguida, conteve o impulso de dar um tiro na estante. Em vez disso, correu a mão pelas prateleiras vazias onde ela guardava seus livros, e tentou em vão pensar no que poderia ter feito de diferente no decorrer daqueles meses que a teria levado a querer ficar.

Depois de decorrida pelo menos uma hora, decidiu que não queria ser encontrado morto no escritório de Pegeen, na cadeira de Pegeen. Pegeen não era a culpada. Os fracassos eram dele, como também era sua a biografia extraordinária em que ele estava empalado.

Quando muito tempo depois de telefonar para Asa, em torno de meia-noite — tendo voltado ao sótão algumas horas antes —, ele não conseguiu puxar o gatilho mesmo depois de colocar o cano da arma dentro da boca, Axler desafiou a si próprio a pensar na pequenina Sybil Van Buren, aquela dona de casa suburbana convencional que pesava menos de cinquenta quilos e que havia levado a cabo o que decidira fazer, que assumira o papel sinistro de assassina e conseguira realizar seu propósito. Sim, ele pensou, se ela foi capaz de ter forças para fazer uma coisa tão terrível com o marido que se transformara num demônio para ela, então eu posso pelo menos fazer isso comigo mesmo. Imaginou a determinação férrea que fora necessária para que Sybil realizasse seu plano até o fim brutal: a loucura implacável que se mobilizou nela quando deixou os dois filhos pequenos em casa, a firmeza com que pegou o carro e foi até a casa do ex-marido, depois subiu a escada, tocou a campainha, levantou a arma e, quando ele abriu a porta, sem hesitar o acertou com dois tiros à queima-roupa — se ela foi capaz de fazer aquilo, eu posso fazer isto!

Sybil Van Buren se transformou numa referência de coragem. Ele repetia a si próprio a fórmula que o inspirava a agir, como se apenas uma ou duas palavras pudessem fazê-lo realizar o mais irreal dos atos: *se ela foi capaz de fazer aquilo, eu posso fazer isto, se ela foi capaz de fazer aquilo...* até que por fim lhe ocorreu a ideia de fingir que estava se suicidando numa peça de Tchécov. Nada poderia ser mais apropriado. Seria uma volta ao trabalho de ator, e, embora ele fosse um ser ridículo, desonrado, fraco, apenas um equívoco de treze meses na vida de uma lésbica, precisaria de todos os seus recursos para realizar o ato. Para conseguir pela última vez transformar o imaginário em realidade, teria de fazer de conta que o sótão era um teatro e que ele era Konstantin Gavrílovitch Tréplev na cena final de *A gaivota*. Aos vinte e poucos anos, quando ele, um garoto-prodígio, realizava tudo o que tentava e obtinha tudo o que queria, Axler havia representado o papel criado por Tchécov, do jovem aspirante a escritor que se sente um fracassado em tudo, desesperado com as derrotas no trabalho e no amor. Foi numa montagem do Actors Studio, na Broadway, de *A gaivota*, e foi seu primeiro grande sucesso em Nova York, o que o tornou o jovem ator mais promissor da temporada, cheio de autoconfiança e consciente de sua singularidade, o que levaria a todas as contingências imprevisíveis.

Se ela foi capaz de fazer aquilo, eu posso fazer isto.

Um bilhete com oito palavras foi encontrado ao lado dele quando seu corpo foi descoberto no chão do sótão pela faxineira dias depois. "O fato é que Konstantin Gavrílovitch se matou." Era a fala final de *A gaivota*. Ele havia conseguido, o renomado ator teatral, outrora tão elogiado por sua força dramática, ele que, no auge da carreira, atraía multidões ao teatro.

Em 1997, **PHILIP ROTH** ganhou o prêmio Pulitzer por *Pastoral americana*. Em 1998, recebeu a National Medal of Arts na Casa Branca e, em 2002, conquistou a mais alta distinção da American Academy of Arts and Letters, a Gold Medal in Fiction. Recebeu duas vezes o National Book Award e o National Book Critics Circle Award, e três vezes o prêmio PEN/Faulkner. *Complô contra a América* foi premiado pela Society of American Historians em 2005. Roth recebeu dois prestigiosos prêmios da PEN: o PEN/Nabokov (2006) e o PEN/Saul Bellow (2007). Em 2011, ganhou o Man Booker International Prize e recebeu a National Humanities Medal na Casa Branca. É o único escritor americano vivo a ter sua obra completa publicada pela prestigiosa editora Library of America.

OBRAS PUBLICADAS PELA COMPANHIA DAS LETRAS

Adeus, Columbus
O animal agonizante
O avesso da vida
Casei com um comunista
O complexo de Portnoy
Complô contra a América
Entre nós
Fantasma sai de cena
Homem comum
A humilhação

Indignação
A marca humana
Nêmesis
Operação Shylock
Pastoral americana
Patrimônio
O professor do desejo
O teatro de Sabbath
Zuckerman acorrentado

COMPANHIA DE BOLSO

Jorge AMADO
- *Capitães da Areia*
- *Mar morto*

Carlos Drummond de ANDRADE
- *Sentimento do mundo*

Hannah ARENDT
- *Homens em tempos sombrios*
- *Origens do totalitarismo*

Philippe ARIÈS, Roger CHARTIER (Orgs.)
- *História da vida privada 3 — Da Renascença ao Século das Luzes*

Karen ARMSTRONG
- *Em nome de Deus*
- *Uma história de Deus*
- *Jerusalém*

Paul AUSTER
- *O caderno vermelho*

Ishmael BEAH
- *Muito longe de casa*

Jurek BECKER
- *Jakob, o mentiroso*

Marshall BERMAN
- *Tudo que é sólido desmancha no ar*

Jean-Claude BERNARDET
- *Cinema brasileiro: propostas para uma história*

Harold BLOOM
- *Abaixo as verdades sagradas*

David Eliot BRODY, Arnold R. BRODY
- *As sete maiores descobertas científicas da história*

Bill BUFORD
- *Entre os vândalos*

Jacob BURCKHARDT
- *A cultura do Renascimento na Itália*

Peter BURKE
- *Cultura popular na Idade Moderna*

Italo CALVINO
- *Os amores difíceis*
- *O barão nas árvores*
- *O cavaleiro inexistente*
- *Fábulas italianas*
- *Um general na biblioteca*
- *Os nossos antepassados*
- *Por que ler os clássicos*
- *O visconde partido ao meio*

Elias CANETTI
- *A consciência das palavras*
- *O jogo dos olhos*
- *A língua absolvida*
- *Uma luz em meu ouvido*

Bernardo CARVALHO
- *Nove noites*

Jorge G. CASTAÑEDA
- *Che Guevara: a vida em vermelho*

Ruy CASTRO
- *Chega de saudade*
- *Mau humor*

Louis-Ferdinand CÉLINE
- *Viagem ao fim da noite*

Sidney CHALHOUB
- *Visões da liberdade*

Jung CHANG
- *Cisnes selvagens*

John CHEEVER
- *A crônica dos Wapshot*

Catherine CLÉMENT
- *A viagem de Théo*

J. M. COETZEE
- *Infância*
- *Juventude*

Joseph CONRAD
- *Coração das trevas*
- *Nostromo*

Mia COUTO
- *Terra sonâmbula*

Alfred W. CROSBY
- *Imperialismo ecológico*

Robert DARNTON
- *O beijo de Lamourette*

Charles DARWIN
- *A expressão das emoções no homem e nos animais*

Jean DELUMEAU
- *História do medo no Ocidente*

Georges DUBY
- *Damas do século XII*
- *História da vida privada 2 — Da Europa feudal à Renascença* (Org.)
- *Idade Média, idade dos homens*

Mário FAUSTINO
- *O homem e sua hora*

Meyer FRIEDMAN, Gerald W. FRIEDLAND
- *As dez maiores descobertas da medicina*

Jostein GAARDER
- *O dia do Curinga*
- *Maya*
- *Vita brevis*

Jostein GAARDER, Victor HELLERN, Henry NOTAKER
- *O livro das religiões*

Fernando GABEIRA
O que é isso, companheiro?
Luiz Alfredo GARCIA-ROZA
O silêncio da chuva
Eduardo GIANNETTI
Auto-engano
Vícios privados, benefícios públicos?
Edward GIBBON
Declínio e queda do Império Romano
Carlo GINZBURG
Os andarilhos do bem
História noturna
O queijo e os vermes
Marcelo GLEISER
A dança do Universo
O fim da Terra e do Céu
Tomás Antônio GONZAGA
Cartas chilenas
Philip GOUREVITCH
Gostaríamos de informá-lo de que amanhã seremos mortos com nossas famílias
Milton HATOUM
A cidade ilhada
Cinzas do Norte
Dois irmãos
Relato de um certo Oriente
Um solitário à espreita
Patricia HIGHSMITH
Ripley debaixo d'água
O talentoso Ripley
Eric HOBSBAWM
O novo século
Sobre história
Albert HOURANI
Uma história dos povos árabes
Henry JAMES
Os espólios de Poynton
Retrato de uma senhora
P. D. JAMES
Uma certa justiça
Ismail KADARÉ
Abril despedaçado
Franz KAFKA
O castelo
O processo
John KEEGAN
Uma história da guerra
Amyr KLINK
Cem dias entre céu e mar
Jon KRAKAUER
No ar rarefeito

Milan KUNDERA
A arte do romance
A brincadeira
A identidade
A ignorância
A insustentável leveza do ser
A lentidão
O livro do riso e do esquecimento
Risíveis amores
A valsa dos adeuses
A vida está em outro lugar
Danuza LEÃO
Na sala com Danuza
Primo LEVI
A trégua
Alan LIGHTMAN
Sonhos de Einstein
Gilles LIPOVETSKY
O império do efêmero
Claudio MAGRIS
Danúbio
Naguib MAHFOUZ
Noites das mil e uma noites
Norman MAILER (JORNALISMO LITERÁRIO)
A luta
Janet MALCOLM (JORNALISMO LITERÁRIO)
O jornalista e o assassino
A mulher calada
Javier MARÍAS
Coração tão branco
Ian McEWAN
O jardim de cimento
Sábado
Heitor MEGALE (Org.)
A demanda do Santo Graal
Evaldo Cabral de MELLO
O negócio do Brasil
O nome e o sangue
Luiz Alberto MENDES
Memórias de um sobrevivente
Gita MEHTA
O monge endinheirado, a mulher do bandido e outras histórias de um rio indiano
Jack MILES
Deus: uma biografia
Vinicius de MORAES
Antologia poética
Livro de sonetos
Nova antologia poética
Orfeu da Conceição
Fernando MORAIS
Olga
Helena MORLEY
Minha vida de menina

Toni MORRISON
Jazz
V. S. NAIPAUL
Uma casa para o sr. Biswas
Friedrich NIETZSCHE
Além do bem e do mal
O Anticristo
Aurora
O caso Wagner
Crepúsculo dos ídolos
Ecce homo
A gaia ciência
Genealogia da moral
Humano, demasiado humano
Humano, demasiado humano, vol. II
O nascimento da tragédia
Adauto NOVAES (Org.)
Ética
Os sentidos da paixão
Michael ONDAATJE
O paciente inglês
Malika OUFKIR, Michèle FITOUSSI
Eu, Malika Oufkir, prisioneira do rei
Amós OZ
A caixa-preta
O mesmo mar
José Paulo PAES (Org.)
Poesia erótica em tradução
Orhan PAMUK
Meu nome é Vermelho
Georges PEREC
A vida: modo de usar
Michelle PERROT (Org.)
História da vida privada 4 — Da Revolução Francesa à Primeira Guerra
Fernando PESSOA
Livro do desassossego
Poesia completa de Alberto Caeiro
Poesia completa de Álvaro de Campos
Poesia completa de Ricardo Reis
Ricardo PIGLIA
Respiração artificial
Décio PIGNATARI (Org.)
Retrato do amor quando jovem
Edgar Allan POE
Histórias extraordinárias
Antoine PROST, Gérard VINCENT (Orgs.)
História da vida privada 5 — Da Primeira Guerra a nossos dias
David REMNICK (JORNALISMO LITERÁRIO)
O rei do mundo
Darcy RIBEIRO
Confissões
O povo brasileiro

Edward RICE
Sir Richard Francis Burton
João do RIO
A alma encantadora das ruas
Philip ROTH
Adeus, Columbus
O avesso da vida
Casei com um comunista
O complexo de Portnoy
Complô contra a América
Homem comum
A humilhação
A marca humana
Pastoral americana
Patrimônio
Operação Shylock
O teatro de Sabbath
Elizabeth ROUDINESCO
Jacques Lacan
Arundhati ROY
O deus das pequenas coisas
Murilo RUBIÃO
Murilo Rubião — Obra completa
Salman RUSHDIE
Haroun e o Mar de histórias
Oriente, Ocidente
O último suspiro do mouro
Os versos satânicos
Oliver SACKS
Um antropólogo em Marte
Enxaqueca
Tio Tungstênio
Vendo vozes
Carl SAGAN
Bilhões e bilhões
Contato
O mundo assombrado pelos demônios
Edward W. SAID
Cultura e imperialismo
Orientalismo
José SARAMAGO
O Evangelho segundo Jesus Cristo
História do cerco de Lisboa
O homem duplicado
A jangada de pedra
Arthur SCHNITZLER
Breve romance de sonho
Moacyr SCLIAR
O centauro no jardim
A majestade do Xingu
A mulher que escreveu a Bíblia
Amartya SEN
Desenvolvimento como liberdade

Dava SOBEL
Longitude
Susan SONTAG
Doença como metáfora / AIDS e suas metáforas
A vontade radical
Jean STAROBINSKI
Jean-Jacques Rousseau
I. F. STONE
O julgamento de Sócrates
Keith THOMAS
O homem e o mundo natural
Drauzio VARELLA
Estação Carandiru
John UPDIKE
As bruxas de Eastwick
Caetano VELOSO
Verdade tropical

Erico VERISSIMO
Caminhos cruzados
Clarissa
Incidente em Antares
Paul VEYNE (Org.)
História da vida privada 1 — Do Império Romano ao ano mil
XINRAN
As boas mulheres da China
Ian WATT
A ascensão do romance
Raymond WILLIAMS
O campo e a cidade
Edmund WILSON
Os manuscritos do mar Morto
Rumo à estação Finlândia
Edward O. WILSON
Diversidade da vida
Simon WINCHESTER
O professor e o louco

1ª edição Companhia das Letras [2010] 1 reimpressão
1ª edição Companhia de Bolso [2017]

Esta obra foi composta pela Verba Editorial
em Janson Text e impressa pela Prol Editora Gráfica em ofsete
sobre papel Pólen Soft da Suzano Papel e Celulose

A marca FSC® é a garantia de que a madeira utilizada na fabricação do papel deste livro provém de florestas que foram gerenciadas de maneira ambientalmente correta, socialmente justa e economicamente viável, além de outras fontes de origem controlada.